不正經的魔術講師與
追想日誌
6
Memo

Memory records of bastard magic instructor

CONTENTS

「你長大了哪。」

「……幹嘛突然說這個？」

某個晚上。

葛倫和瑟莉卡面對面地坐在餐桌旁，一邊品嚐紅茶一邊下棋。

瑟莉卡冷不防語重心長地說出了這樣的話。

她向一臉狐疑的葛倫繼續說道：

「我只是突然心生感觸。明明你本來那麼矮小，後來慢慢地長得跟我一樣高，現在變成我得抬頭看你才行了……時間真的過得好快。」

「…………」

「對了對了。說到這個，葛倫。關於你未來的老婆……你真正喜歡的到底是誰啊？」

「噗──!?」

葛倫差點噴出嘴裡的紅茶。

「魯米亞嗎？西絲蒂娜？該不會是梨潔兒吧？附帶一提，我個人的推薦是──」

「等、等、等一下──！妳幹嘛突然扯到那麼遠的地方去啊!?我跟她們三個又不是那種關係！再說她們是我的學生好嗎!?」

「我剛才不是說了嗎？時間可是過得很快的。轉眼她們就會畢業離開校園。到時你一定會……」

瑟莉卡有那麼一瞬間露出了看似落寞的笑容，向驚慌失色的葛倫接著說道：

「哪天你如果有了兒孫，就放心交給我吧。因為我可是長生不老的喔。一輩子留在你的家人和後代的身邊守護他們……感覺也不錯。」

「呿……用不著妳多管閒事啦，可惡！」

葛倫一邊破口大罵一邊移動棋子。

「C2女王！怎麼樣!?」

「哎呀……好久沒下棋下輸你了。」

「哼，企圖講一些莫名其妙的事情動搖我的意志嗎？想得美！醜話先說在前，在我贏回以前輸給妳的所有對局以前，我會一直纏著妳陪我下棋的。做好覺悟吧？」

「呵，笨蛋。那種事情就算你窮盡一輩子，也辦不到啦。」

葛倫神氣活現地挺起胸膛，瑟莉卡莞爾一笑，兩人把棋子歸位成開局的狀態。

就這樣，只屬於兩人的夜晚慢慢地過去了——

輕小說

L

不正經的魔術講師與追想日誌 6

羊太郎

插畫/ 三嶋くろね　　譯者/ 林意凱

唉……我實在無法理解這個世界的人到底在想什麼呢。

納姆露絲

Memory records of bastard magic instructor

Character
阿爾貝特·
弗雷澤
隸屬帝國宮廷魔導士團特務分室。葛倫的前同袍。帝國首屈一指的狙擊手，從戰鬥到諜報，所有任務都能一手包辦，是各項能力突出的頂尖魔導士。
葛倫·
雷達斯
主角。阿爾扎諾魔術學院的魔術講師，討厭魔術。不管做什麼事都馬馬虎虎、懶懶散散，以魔術師來說只是個三流人物，找不到任何一處優點。不過他真實的面貌是——？

瑟莉卡．
阿爾佛聶亞
阿爾扎諾帝國魔術學院教授。外貌年輕，不只養育葛倫長大，還傳授魔術給他，是名謎團重重的女性。對葛倫有溺愛的一面。
梨潔兒．
雷佛德
隸屬帝國宮廷魔導士團特務分室。雖然被派到學院來擔任魯米亞的護衛，但不知何故老是追著葛倫屁股跑。
西絲蒂娜．
席貝爾
綽號「師見愁」，一板一眼的資優生。常常受不了葛倫吊兒郎當的態度把他罵得狗血淋頭，這樣的畫面已經成了學院的特色。
魯米亞．
汀謝爾
個性清純善良，人見人愛，無論走到哪裡都大受歡迎。內心十分仰慕拼命保護學生的葛倫。常常在葛倫和西絲蒂娜吵架的時候扮演和事佬。

父親大人的凝望

Father Watches Over Us

Memory records of bastard
magic instructor

不正經的魔術講師與追想日誌

Memory records of bastard magic instructor

「哈哈哈！有家人的陪伴真的是太幸福了！」

那天。

西絲蒂娜的父親雷納多・席貝爾沉浸在天倫之樂中。

雷納多是魔導省的高級官員，和妻子菲莉亞娜一同在帝都工作，經常忙到有家歸不得。

不過，今天他完成了階段性的工作，終於可以回家一趟。

雷納多已經有整整一個月沒回家，家中有他心愛的女兒們正殷殷期盼他的歸來。

親生女兒，西絲蒂娜。

妻子親友的女兒，魯米亞。

以及最近才搬到席貝爾家一起生活，女兒們的死黨梨潔兒。

不管有沒有血緣關係，對雷納多而言她們都是一家人。

『歡迎回來，爸爸！』

『呵呵，工作辛苦了，義父。』

『嗯。歡迎回來，雷納多。』

看到三個女兒在門口為自己接風，所有工作的辛勞旋即一掃而空。

回到溫暖的家中後，雷納多首先悠哉地泡了個熱水澡，全家一起享用美麗的妻子菲莉亞娜親自下廚精心製作的晚餐。和妻女們談天說笑地用完餐後，接著和菲莉亞娜在起居室暢飲美酒。

「唔……雖然只有短短幾天，看來這次也能度過愉快的假期哪。」

「呵呵……就是說啊，親愛的。」

坐在沙發上的菲莉亞娜，笑容滿面地為坐在身旁的雷納多斟酒。

這時──

「我想到了！明後兩天學院剛好也放假吧!?既然如此，我們全家一起去菲傑德中央區逛街如何!?」

大悅的雷納多突然起身提議道。

「咦？」

「唔，就這麼說定了！聽說女星梅雅麗・克萊塔的熱門新戲正在亞托雷姆劇場上演，附近還新開了一間草莓塔很美味的高級咖啡廳！在那裡也找得到西絲蒂最愛的租書店『克羅茲』！肯定會留下美好的回憶！」

「聽起來感覺很棒呢。」

「好！打鐵趁熱！我立刻去跟女兒們敲定時間！」

於是，雷納多如一陣風，衝出了起居室。

「哎呀，我這樣是不是有點太急了？唔，突然氣喘吁吁地闖進女兒的閨房，要是嚇壞她們就糟糕了。我得表現得像紳士一點……」

雷納多突然轉念一想，於是他按捺著迫不及待的心情，放慢腳步，在鋪上了地毯的走廊移動。

不久，雷納多來到了西絲蒂娜房間門口。

根據雷納多的經驗，魯米亞和梨潔兒也經常會聚在西絲蒂娜的房間。

「咳咳……那麼。」

雷納多當然不會沒徵詢同意便直接開門，就在他準備表現出紳士的風範敲門時——

「……終於……就是明天了呢……」

「妳果然還是不想讓義父知道嗎？西絲蒂。」

隔著房門，雷納多隱約聽見了西絲蒂娜和魯米亞對話的聲音。

「……嗯？」

雷納多倏地停下敲門的動作。

偷聽青春期女兒的對話是不符合紳士風範的卑劣行為……明知如此，可是一聽到自己出現在女兒的話題中，很難教人不感到好奇。

即便年紀一大把了，雷納多還是禁不起好奇心誘惑，悄悄把耳朵貼在門上。

於是，女兒們在房內的對話聲，立刻更清晰地傳進雷納多耳裡——

「嗯，那當然了！妳一定要幫我保密，不能讓爸爸知道明天的事喔!?」

「嗯……說得也是。如果被義父知道的話……可能不太妙……」

「好好喔。只有西絲蒂娜可以去，也太奸詐了。我也想去。」

「抱、抱歉啦，梨潔兒……可是我們三個都不在家的話，爸爸會起疑的……明天只有一天而已……後天大家就能一起出門了，下次我再買一大堆草莓塔請妳吃吧。」

「嗯。好吧。」

「明天要加油喔，西絲蒂。」

「嗯，包在我身上！」

「……呵呵，祝妳玩得開心。」

「哪、哪有什麼玩得開不開心的……我只是……況且那傢伙又不解風情，跟他在一起也沒什麼好玩的啦……再說，明天我偷偷溜去見他的目的其實是——……」

「——————!?　!?　!?　!?」

雷納多被人推落到地獄深淵，鐵青著臉倒退離開房門邊。

雷納多年輕時是個不解風情，遲鈍到讓菲莉亞娜無言的大木頭，即便是這樣的他，也聽得懂女兒們剛才那番對話的意思。

（難、難道說……西絲蒂她……!?我、我可愛的寶貝女兒……要跟來路不明的臭男人約約約約、約會嗎——!?）

雷納多有種彷彿世界天崩地裂的感覺，身體凍壞似地抖個不停。

西絲蒂娜幼時的天真笑容和俏皮笑聲，在雷納多的腦海裡忽隱忽現——

『爸爸！爸爸！呵呵……我最喜歡爸爸了！等我長大以後，我要跟爸爸結婚！』

『欸、欸，爸爸，和我一起洗澡好不好嘛？吶？』

『嗚嗚……爸爸，我好怕黑喔……今天陪我睡覺……』

『爸爸……』

西絲蒂娜小時候變化多端的表情和所說過的話，在雷納多的腦海裡浮現又消失——

然後——

（嗚喔喔喔喔喔喔喔喔喔啊啊啊啊啊啊啊啊啊啊啊啊啊——!?天殺的——！我不允許！做爸爸的我絕不允許————！西絲蒂現在交男朋友還太早了————！）

見雷納多回來時氣沖沖地推開房門，臉色非常難看，菲莉亞娜心平氣和地問道：

「哎呀哎呀，親愛的，你的表情好可怕……發生了什麼事情嗎？」

「菲、菲莉亞娜……呵呵、呵呵呵呵……！我們明天的計畫已經決定了……！」

菲莉亞娜一臉納悶。

雷納多露出連鬼都會被嚇跑的恐怖表情，淚如泉湧地淌下了男兒淚。單看他現在的模樣，實在令人難以相信，他就是被譽為魔導省最頂尖菁英的男子。

翌日。

天氣晴朗，清澈的藍天讓人有種連心靈也獲得洗滌的感覺。

溫暖的陽光普照著大地。

再過一下子就是正午時分。這裡是某地的噴水池廣場。

「…………」

西絲蒂娜規矩地端坐在廣場一隅的長椅上，安靜地看著冒出寶石般白色泡沫的噴水池。

她現在身上所穿著的並非一般學生制服和常見的便服。高雅的上衣、領巾、裙子……西絲蒂娜穿著一套別緻的服裝，並配戴造型簡單的耳環等飾品做為點綴。

不會太過花枝招展，也不會過於樸素，西絲蒂娜對於打扮的分寸拿捏得恰到好處。原本她就擁有超群出眾的外貌條件，再加上現在那副翹首盼望的溫柔婉約模樣，讓她顯得比平常還要成熟穩重。完全是個能讓所有擦身而過的男人，都忍不住回頭再看一眼的完美淑女。

即便是女性經驗豐富，出身自良好門第的公子哥，也不敢貿然搭訕的究極高嶺之花，就盛開在那個地方。

只不過──

「喔喔喔喔喔喔……西絲蒂…………不、不知不覺間，妳已經長成氣質如此高雅的淑女了……爸爸實在太開心了喔喔喔喔喔……」

「哎呀哎呀，親愛的，身體躲進來一點，不然會被西絲蒂發現的喔。」

──現在如果有哪個不知好歹的人敢上前搭訕西絲蒂娜，恐怕會被躲在廣場附近轉角後面，透過望遠魔術監視的雷納多一把火燒了。

「話說回來！今天我又再一次實際感受到，我們的女兒真的美若天仙！像她這樣的窈窕淑女，不管出現在任何社交場合，肯定能讓所有男士趨之若鶩！」

「呵呵，就是說啊。在我們眼中一直都是小孩子的西絲蒂，不知不覺間已經長得如此亭亭玉立了呢。」

害怕雷納多失控而陪同前來監視的菲莉亞娜，也眉開眼笑地說道。

「嗯，我們的女兒美到連我這個親生父親也忍不住讚嘆……不過跟妳相比，還是略遜一籌！」

「哎呀，討厭啦，親愛的。」

雷納多臉不紅氣不喘，說出了讓人聽了會起雞皮疙瘩的肉麻台詞，不過菲莉亞娜倒也不怎麼排斥，羞得臉都紅了。

一旁的路人被兩人閃瞎，個個面露苦笑。

「不過……也正因為如此，所以更無法原諒！想不到竟然有無恥的男人，看我們的女兒年幼無知，想要把有如至高寶石的西絲蒂從我們身邊拐走……！」

「嗯……雖然西絲蒂還年輕，不過我覺得她應該不會這麼輕易受騙上當。她這孩子可不是一般的聰明喔？」

「妳錯了，她絕對是被男人騙了！無論如何，肯定是有來路不明的男人，不知天高地厚，對我們家可愛到犯規的西絲蒂動了歹念！今天我要抓住決定性的瞬間，給那傢伙一點顏色瞧瞧！」

雷納多實在太愛女兒了，為愛盲目的他，根本聽不進幫忙緩頰的菲莉亞娜所說的話。

「話說回來……到底是哪個傢伙，有種敢碰我們的寶貝女兒……？」

「……啊，親愛的，你看，西絲蒂等的那個人好像來了。」

西絲蒂娜所在的一角，儼然成為某種形式的聖域。

只見某名青年，肆無忌憚地踩進了那個聖域，一路走向西絲蒂娜。

青年身穿一如既往的襯衫、長褲和領帶前來赴約，如此散漫隨興的穿著，顯見不把綻放著高嶺之花的聖域當一回事。

「唷，妳等很久了嗎？白貓。」

「啊，老師！」

隨著葛倫登場，西絲蒂娜眼睛為之一亮，臉上露出花開般的燦笑——

——就在那個瞬間……

「那個臭男人————————！」

雷納多淌著血淚大吼。轉角的磚塊被他的手捏到「啪嘰」一聲，爆出了巨大的裂痕。

若不是菲莉亞娜在葛倫現身的同時，於四周設下隔音結界，西絲蒂娜肯定會發現自己被跟蹤了。

「原來如此……對方是葛倫老師啊。哎，其實我早就隱約猜到是他了。」

「那個離譜的講師，竟然伸出狼爪——!?我以前確實跟他說過女兒就交給你了，可是才不是這種意思啊啊啊啊啊啊啊!?」

「好了好了，親愛的，冷靜點。」

「追根究柢，老師跟學生這種組合，無論是在社會觀感或道德倫理上，都是無法被接受的！我知道西絲蒂真的不是一般可愛，即便如此，也不能對自己的學生出手——」

「就是說啊……雷納多老師。老師和學生……這關係聽起來好耳熟呢？」

「…………………」

雷納多被擊沉了。

「嗯，抱歉……好像讓妳等很久了？」

「沒有，我也才剛到。嚴格說來，離約好的時間還有五分鐘……我反而很意外老師居然會提前赴約呢。」

「真的嗎？那就好。」

「一點也不好————！西絲蒂可是不為所動，在那裡苦苦等了三十分鐘，你這臭小子可知道嗎————!?居然讓那麼可愛的西絲蒂等了那麼久————！是男人就該提早三個小時到集合地點待機吧————！」

「就是說啊……回想起我們的第一次約會……親愛的你遲到超久的呢？我沒記錯的話，你好像遲到了三個鐘頭。」

「………………」

雷納多被擊沉了。

「噢，白貓……妳今天是不是精心打扮過啊？」

「有、有嗎？這樣應該算滿普通的吧……」

「嗯？是這樣嗎？對女生來說這樣算普通而已嗎？我也不是很清楚啦……」

「這樣叫普通才有鬼————！難道你看不出來西絲蒂在赴約前，花了多少心思在鏡子前打扮嗎————!?給我細心點！細心一點啦————!?是男人就該美言幾句吧————！」

「就是說啊……回想起我們的第一次約會……明明我那麼努力化妝打扮，你卻完全沒注意到，也沒有給予任何稱讚呢。」

「……………………」

雷納多被擊沉了。

「呃……先不管普不普通了，老、老師……你覺得我今天的打扮怎麼樣？」

「嗯～？坦白說，我覺得很適合妳喔。我一度以為是別人呢。一時之間根本認不出來。」

「咦？真、真的嗎？嘿嘿嘿……聽你這樣說我有點開心……吧。」

「啊啊啊啊啊啊啊啊啊——!?那傢伙大方地誇獎西絲蒂，反而令人更不爽了——！」

「好了好了，親愛的，冷靜點。」

「不過，妳這麼精心打扮，我是不是也該更注意一下自己的儀容啊？」

「沒、沒關係啦！用不著放在心上！老師只要做你自己就可以了！」

「哼！沒錯，照照鏡子看看自己的窮酸模樣吧！就憑你，也想高攀我們家可愛的西絲蒂！是男人就該注意自己的儀容，不要讓走在身旁的女伴覺得丟人現——」

「就是說啊……回想起我們的第一次約會……你也跟葛倫老師一樣，隨便穿著平時的講師服，就來赴約了呢。」

「…………………」

雷納多被擊沉了。

「畢竟臨時約老師出門的人是我！那個……占用了老師寶貴的假日時間，真的很不好意思。」

「不用那麼客套啦。我也常常麻煩妳很多事情啊。我是很懶，但畢竟是寶貝學生的請求……而且我今天也有空，就陪妳一下吧。呵……妳可要心懷感謝喔？」

「謝、謝謝你！那麼我們立刻出發吧，老師！」

「那 個 臭 男 人 算 老 幾 啊……!?居然以那種用鼻孔看人的態度，對待我的寶貝女兒西絲蒂……！」

雷納多的憤怒終於累積到了極限——

「已經忍無可忍了！我要親手修理那個渣男——」

「轟！」的一聲，預唱咒文啟動，雷納多的左手臂冒出熊熊燃燒的火焰——只見雷納多眼裡燃燒著比左手火焰更為猛烈的怒火，作勢從轉角後面飛衝而出——就在這時……

「呵呵，親愛的，你也真是的。」

不知不覺間，出現在雷納多身後的菲莉亞娜像在擁抱小孩般，伸出纖細的胳臂，環抱住他的脖子——

啪嘰。叩。

然後她就像一直以來那樣，不費吹灰之力就勒昏雷納多，制止了他的行動。

……經過一番暗潮洶湧後。

葛倫和西絲蒂娜並肩走在菲傑德街頭。

「然後啊，梨潔兒她……」

「哈哈哈……那傢伙真的一點也沒變……」

葛倫身旁的西絲蒂娜，話匣子一開就停不下來，講得眉飛色舞。

這時——

「嗚奴奴奴……那個甜蜜得恰到好處的氣氛，是怎麼一回事……！吼！那個魔術講師不要黏那麼緊！離西絲蒂遠一點！」

「好了好了，親愛的，冷靜點。」

雷納多跟菲莉亞娜和兩名目標保持十幾梅特拉的距離，鬼鬼祟祟地東躲西藏，持續跟蹤。

葛倫和西絲蒂娜正準備前往位在菲傑德中央區陽光大街三號的餐廳。

那是一間以中上流階級為客群的餐廳。

無論是外觀或內部裝潢，都布置得十分高級時髦。

「噢？這就是那間餐廳嗎？」

葛倫落落大方地抬頭仰望店外的招牌。

「嗯，我屬意的就是這間餐廳……老師你覺得呢？」

「感覺還不錯。總之我們先進去瞧瞧吧？」

語畢——

「來。」

葛倫把手伸向西絲蒂娜。

「！」

「……照這間餐廳的氣氛看來，男伴需要引領女賓吧。」

葛倫一副覺得很麻煩地，向不知所措的西絲蒂娜說道。

「咦？啊，那個……」

「我還沒有不解風情到連這個也看不出來的程度啦。」

葛倫這個突如其來的舉動，讓西絲蒂娜訝異地凝視著他伸出來的手，久久不語……

「真是的……如果你平常就表現得這麼紳士，不知道有多好。」

她微微漲紅了臉，裝出一副若無其事的模樣，柔弱膽怯地牽住了葛倫的手。

在葛倫的引領下，西絲蒂娜走進了餐廳——

「那個臭男人————！」

在後面監視兩人的雷納多號天大哭。

「什麼引領!?分明只是想假借冠冕堂皇的理由，牽西絲蒂的小手而已吧————!?」

「親愛的，你也太愛雞蛋裡挑骨頭了……假如葛倫老師沒表現得像紳士一樣，你也會發脾氣吧？」

「那當然！」

「……親愛的，你還真的是真性情呢。」

菲莉亞娜笑咪咪地說道。

「好了，我們也進去吧？麻煩你引領我囉，親愛的♪」

「唔唔唔唔唔唔……！」

於是，雷納多和菲莉亞娜，也緊接著進入了餐廳。

時髦高級的店內坐滿了一邊享用午餐，一邊談笑風生的紳士與貴婦，氣氛熱絡又不失沉穩。

服務生帶領葛倫和西絲蒂娜來到角落的座位，雷納多和菲莉亞娜則找了相距遙遠的位子坐下。

葛倫和西絲蒂娜似乎在預約階段就已經訂好要吃什麼菜色。過沒多久，料理便送上桌了。

首先是前菜。生菜沙拉和莎樂美腸、生火腿拼盤。

葛倫和西絲蒂娜遵守餐桌禮儀用起餐。

「……好意外喔，沒想到老師在餐桌上的表現這麼有模有樣。坦白說，我本來以為如果跟老師在這種地方吃飯，一定會為了餐桌禮儀罵你一頓呢……」

「餐桌禮儀是我從軍的時候同袍教我的……畢竟有時候也得在社交界臥底嘛。只要我有心想學，沒什麼困難的啦。」

「呵呵……我有些刮目相看了。原來平常放蕩不羈又不正經的老師，也有這麼紳士的一面！」

西絲蒂娜嫣然地向葛倫露出甜美的笑容——

「不要被騙了，西絲蒂————————！」

透過遠距離竊聽魔術偷聽對話的雷納多，放聲大吼道。

若不是菲莉亞娜在座位四周設下了隔音結界，他們現在肯定吸引了眾人注目。

「這跟壞蛋偶爾做了一件好事，就讓人產生原來他是大好人的錯覺，屬於同樣的道理啊啊啊啊啊——！女兒妳的眼睛要放亮一點啊啊啊啊啊啊啊啊啊——！」

「好了好了，親愛的，冷靜點……哎呀，這沙拉好好吃喔。」

笑盈盈的菲莉亞娜把吵得天翻地覆的丈夫晾在一旁，手拿刀叉，姿態高雅地開始享用前菜。

「對了，老師。你覺得這間餐廳的料理如何？好吃嗎？」

「啊啊，好吃極了。妳的品味果然出眾！妳可以引以自豪了！」

「真的嗎!?嘿嘿嘿……」

「臭小子——！你企圖逢迎諂媚西絲蒂，藉此提升自己的印象分數對吧————!?實在是太卑鄙了！是男人就不該輕易迎合女性，應該要有自己的主見，要有自己的主見啊啊啊啊啊啊啊——！」

「好了好了，親愛的，冷靜點。」

「話說回來……料理本身是很美味，不過……套餐的選擇上好像有點問題。」

「咦？是、是這樣嗎？」

「對啊，這個套餐應該是妳選擇的吧？嗯～我也不太曉得該怎麼說……總覺得好像比較偏女生的口味。」

「啊……這麼說來也沒錯。」

「對我這個男人來說，吃起來好像少了一點什麼。」

「臭小子————！是在對西絲蒂的品味吹毛求疵嗎————!?是男人就應該放下自己的意見，處處以女性為重才對，要以女性為重啊啊啊啊啊啊————！」

「好了好了，親愛的，冷靜點。你現在說的話跟剛才說的完全前後矛盾喔。」

「對了，白貓。要不要點個一瓶？」

葛倫面露賊笑，向西絲蒂娜提議。

「一瓶……什麼？」

「當然是酒囉。這間餐廳的紅酒好像很有名呢。妳要不要也小酌一杯？」

「咦咦咦咦——？可是我才——」

「妳已經十五歲了吧？法律上沒有任何問題。」

「可、可是——」

「況且，趁這機會先嚐嚐看這間店的招牌，對妳來說也是有益無害吧？」

「話、話是這麼說沒錯，可是……嗚、嗚嗚～」

「臭小子————！女方明明就不想喝還硬要灌酒，到底是做何居心啊啊啊啊——!?」

雷納多當然是氣炸了。

「好了好了，親愛的，冷靜點。」

「這教我怎麼冷靜！我很清楚那男人在打什麼主意！他八成是想灌醉西絲蒂，降低她的判斷能力，然後趁機把她帶去可疑的愛情旅館！沒錯——」

「好了好了，親愛的，冷靜……」

「——就跟我以前對菲莉亞娜做的事情如出一轍！」

雷納多露出惡鬼般的可怕表情如此大聲嚷嚷。瞬間……

「…………」

啞然失色。菲莉亞娜沉默了。

她臉上掛著僵硬的笑容，陷入沉默……

「……啊。」

看到妻子那令人不寒而慄的可怕笑容，雷納多的表情凍結了。

「啊，那個……菲莉亞娜……剛、剛才我說的那個是……」

「親　愛　的？……哦？原來如此啊……在我們還年輕時，那一天所發生的事情……說穿了就是這麼一回事嗎……？」

菲莉亞娜面露笑容，同時散發出彷彿可以聽見轟隆聲響的強大壓迫感。

「噢，是這樣子啊……哦……？親愛的，原來你是這樣的人嗎……？」

「咿咿咿咿咿咿咿——！對對對、對不起——！當年我是個血氣方剛的年輕人，看、看到妳那麼可愛，真的控制不住——！」

雷納多顧不得大庭廣眾，直接向菲莉亞娜下跪道歉，然而……

「……噗！嘻嘻……」

菲莉亞娜憋不住地笑了出來。

「……菲、菲莉亞娜？」

「啊哈哈，討厭啦。不要那麼慌張嘛，親愛的。那種事情我早就知道了喔？」

「……咦？」

「一開始是我先主動追求你的，而且當時我們已經確定是兩情相悅了……所以，當時……我是在心照不宣的情況下，被你吃掉的。」

身為貴族的女兒，我這樣很不成體統吧……臉上染上紅暈的菲莉亞娜，面露幸福洋溢的笑容，湊在雷納多的耳邊如此悄聲補充道。

「菲莉亞娜……」

「親愛的……」

兩人深情地凝視著彼此……

「嗚喔喔喔喔喔喔喔——！我愛妳——————！」

「……我也愛你，親愛的。」

他們在眾目睽睽下，渾然忘我地熱情擁抱起來……

「受不了，是誰啊？大白天就打得這麼火熱……」

（嗯……雖然距離遙遠，看得不是很清楚……不過那個背影……應、應該不可能吧……？）

葛倫和西絲蒂娜都一臉傻眼，遠遠地看著沉浸在兩人世界裡的雷納多和菲莉亞娜。

後來，西絲蒂娜堅守自己的年紀還不適合喝酒的原則，拒絕了葛倫的提議，葛倫也沒有強迫她接受。

用完餐後，兩人上街購物。

在某間面向中央區第七君王大街的高級男士服裝店裡——

「欸欸，老師！你覺得哪一條比較好看？」

西絲蒂娜物色了許多條領帶，一一詢問葛倫的意見。

「啊～？既然是妳親自挑選的，哪一條都無所謂吧？」

可是葛倫連正眼也不瞧，只是猛打呵欠，敷衍地說道。

「拜託老師嚴肅一點啦！我挑選得很認真耶！」

看到葛倫的態度那麼馬虎，西絲蒂娜氣呼呼地鼓起臉頰。

「真是的！老師的意見一點參考價值也沒有！」

「嗚……不好意思啦。」

「我會繼續物色禮物，老師如果有找到喜歡的東西，一定要拿給我看喔？」

「……好啦好啦。」

「啊，對了……老師你覺得這一條如何？」

西絲蒂娜偶然發現一條質感不錯的領帶，她拿著那條領帶走到葛倫面前，以熟練的動作試著把它繫在葛倫脖子上。

那副模樣，儼然是把老公照顧得無微不至的新婚妻子。

「嗯！這條領帶還不錯呢。你覺得呢？」

「嗯～顏色和款式都不賴，問題在於跟衣服的搭配吧……」

「呵呵，以老師現在的穿著，要搭配得好看可能很難……啊。」

心思都放在領帶上的西絲蒂娜，赫然發現自己跟葛倫的臉現在貼得很近。

「嗯？怎麼了嗎？」

「沒、沒事！」

西絲蒂娜的臉頰變得有些火燙，急忙和葛倫保持距離。

「嗚奴奴奴奴……！那是禮物嗎……!?西絲蒂要幫那個臭男人挑選新的領帶，這是什麼令人羨慕的事件!?可惡——————！」

理所當然地，雷納多和菲莉亞娜躲在遠方，繼續監視著西絲蒂娜和葛倫。

「好令人懷念喔。以前我也常常挑選領帶送給你呢。」

「呼，妳那卓越的品味可是無人能出其右……啊，現在不是回憶的時候，可惡，那個天殺的講師……竟然撐到現在還沒露出馬腳……！我本來打算等他克制不住邪惡的慾望，準備對西絲蒂做出寡廉鮮恥的事情時，就用魔術把他燒得屍骨無存！應該說我巴不得他別再忍了，快點動手！這樣我才能不用客氣，賞他一個痛快！快，展現出男人本色吧！」

「唉，親愛的。」

看到情緒過於激動的丈夫頻頻做出自打臉的言論，就算是菲莉亞娜，也只能無奈地苦笑。

「葛倫老師雖然不按牌理出牌，可是他不會做占女生便宜的事，你應該也在上次教學觀摩時看出來了吧？給孩子一點空間如何？」

「不！絕對不能掉以輕心！所有男人都是禽獸！這是我的親身經驗！當年我面對妳這個心愛的女人也是把持不住！」

「嘻嘻……親愛的，我說你啊……」

聽到雷納多這麼說，菲莉亞娜也很享受。

「吼！我相信今天這場約會對西絲蒂而言，也是情非得已！都是因為那個臭男人，仗著教師的身分強迫她配合，西絲蒂只好硬著頭皮跟他約會一天，不過如此罷了！沒錯，事實一定就是這樣！」

「不過……單就我們聽到的片面資訊，好像是西絲蒂主動約葛倫老師出門的吧？」

「嗚、咕……或、或許是這樣沒錯……可是……」

雷納多說什麼就是無法接受，不想接受這個事實。

「唉……親愛的，你要學著放手……既然那麼放心不下，何不乾脆確認清楚呢？」

菲莉亞娜向雷納多提議。

「……確認什麼？」

「當然是西絲蒂的真實想法了。」

語畢，菲莉亞娜向雷納多盈盈一笑。

「嗯……到底選哪一條好呢……好難下決定喔……」

獨自面對五顏六色的領帶，西絲蒂娜一臉認真地挑選著。

早就失去耐性的葛倫丟下西絲蒂娜，自己一個人在偌大的店內四處閒晃。

「真是的……老師不留下來陪我選的話，又有什麼意義……」

正當西絲蒂娜不滿葛倫丟下她一個人，因而發起牢騷時——

「歡迎光臨，小姐。」

一個滿臉鬍子戴著厚重眼鏡的紳士，上前向西絲蒂娜攀談。男子身穿燕尾服的制服，上面掛著名牌，看來應該是這間服飾店的男性店員。

「您有需要服務的地方嗎？」

「嗯……我想送領帶給男性當禮物……不過這間店販售的領帶看起來都不錯，所以遲遲無法下決定。」

「噢、噢……？果、果然是要送禮物給男性嗎……？」

西絲蒂娜沒注意到男性店員的神情突然有些詭異。

「不好意思……方便請問一下小姐您跟那名男性是什麼關係嗎？」

「咦？」

「知道您們的關係，我比較清楚推薦什麼商品才適合。當然，前提是您方便透露的話……」

「啊，說得也是……」

聞言，西絲蒂娜用手指抵著尖細的下巴，似乎在整理自己的心情，盯著天花板想了好一會兒後，說道：

「只能說……那名男性在我心目中占了很重要的地位。很抱歉，我不知道該怎麼用一句話表達清楚。」

「咳噗呼哈啊啊啊啊啊啊啊啊啊啊——!?咳噗咳噗嗄啊!?」

男性店員突然猛烈地咳了起來。

「店、店員先生——!?你還好吧!?」

「不、不，我沒事！老毛病了！」

如是說的男性店員臉色異常難看。

「言、言歸正傳……對方是在您心目中地位很重要的人嗎？小姐您確定自己不是一時鬼迷心竅，或者太倉促就做出定論嗎？」

「咦？啊哈哈，不可能有那種事啦。因為對方一直以來都在支持我、保護我……對我來說，他是這世上獨一無二的存在。」

「……嗚、奴奴奴……」

看到西絲蒂娜露出天真無邪的笑容，男性店員無言以對，只是猛打哆嗦。

「我不認為僅憑這樣的小禮物，就能回報他對我的恩惠。話雖如此……我還是希望偶爾藉由送禮的方式，稍微表達一下自己的感激之意……」

「這這這這這樣啊……既、既既既既然如此的話……」

男性店員拿起了掛在一旁架子上的某條領帶。

「您、您覺得送這條領帶給那位男性如何呢!?」

「咦？」

店員所挑選的那條領帶看起來金光閃閃，浮誇地鑲滿了寶石，感覺是不懂品味為何物的暴發戶才會看得上眼的俗氣領帶。

「我相信這條領帶一定很適合那名男性的……咯咯咯……」

「啊，不，這條領帶也未免……我比較好奇店員先生你的挑選基準到底是……？」

「好吧！不然這條呢!?」

西絲蒂娜被嚇壞了，但店員不肯死心，又推薦了下一條領帶。

那是一條上面繡了華麗的昇龍圖案，以及『夜露死苦』四個東方漢字，感覺只有逞凶鬥狠的黑道份子才會看得上眼的俗氣領帶。

「咦、咦咦……？」

「這條領帶一定很適合那傢伙！應該說，那傢伙只配繫這種等級的低俗玩意兒！我才不會讓他收到妳懷著誠意精挑細選的領——」

就在男性店員異常亢奮，試圖說服西絲蒂娜接受他的推薦商品時——

啪嘰！

只見一名體態豐腴，神不知鬼不覺出現在男店員身後的中年女店員，環抱住他的脖子，不費吹灰之力就把男性店員勒昏，讓他安靜下來。

「……不好意思。請客人慢慢挑選您要送給那名男性的禮物吧。」

「好、好的……」

西絲蒂娜不知所措地曖昧回應後，女店員抓住男店員的領子，一路拖著他，消失在店內深處。

「……嗯？怎麼了？發生了什麼事情嗎？」

這時，在店內逛完一圈的葛倫，剛好回到西絲蒂娜身旁。

「呃，我只是在想……那兩個店員的感覺跟某人好像……嗯～到底是誰啊……？」

西絲蒂娜一臉納悶地目送店員們離去。

「親愛的，你也真是的……」

「嗚奴奴……抱歉。一、一不小心就……」

菲莉亞娜和雷納多解除變身魔術恢復原狀後，繼續跟蹤西絲蒂娜和葛倫。

「對了……你昏倒的時候，西絲蒂好像還是買了一條領帶。她參考了葛倫老師的意見。」

「噢？這樣啊……然後呢？西絲蒂打算何時把禮物送給那個魔術講師？等他生日的那一天嗎？還是交往紀念日？吼，愈想愈令人火大！」

「好啦好啦，你不要鬧彆扭了……」

看到雷納多毫不掩飾地把不悅寫在臉上，菲莉亞娜不禁苦笑。

「總而言之！我們繼續監視下去！那個臭男人，遲早會對西絲蒂伸出骯髒下流的狼爪……」

這時——

「親愛的……你看。」

如此催促雷納多的菲莉亞娜一反常態，表情和語氣都流露出了熱情。

「…………」

雷納多把視線投向前方。

「哈哈哈……好吧，下次上課的時候，我再稍微談一下那件事吧。」

「真的嗎!?哇，我好期待！我會拭目以待的，老師！」

就雷納多所見，雖然西絲蒂娜跟葛倫在一起時，偶爾會與他鬥嘴，不過，依然看得出來她很開心。

而且西絲蒂娜注視著葛倫的眼神，充滿了一股熱意……

雷納多從來沒看過女兒露出這樣的表情。

「…………」

雷納多一臉落寞，躲在遠遠的角落，持續關注著玩得很開心的西絲蒂娜。

兩人依偎在一起走路的模樣，和當年的自己與菲莉亞娜的身影，鮮明地重疊在一起——

「那孩子……不，不只是那孩子，魯米亞和梨潔兒也一樣……她們總有一天會離開我們身邊，獨立生活的。」

「…………」

「我們的工作就是支持她們，引導她們，相信她們和溫柔地守護著她們，直到她們獨立的那天到來為止……無論是我們的父母，還是過去的祖先們……在源遠流長的歷史中，人類一直都是這樣照顧下一代的。其實親愛的你早就心裡有數了，不是嗎？」

雷納多只是默默不語，注視著遠方的西絲蒂娜和葛倫，半晌後，他開口了。

「……菲莉亞娜。」

「什麼事？親愛的。」

「抱歉……最後可以請妳再陪我任性一次嗎？……拜託了。」

「……好的。」

菲莉亞娜面帶溫和的笑容，點頭答應丈夫的懇求。

後來，葛倫和西絲蒂娜到亞托雷姆劇場，欣賞時下最膾炙人口的新劇。

這部戲劇以四十年前的奉神戰爭為舞台，描述各個實際存在的英雄們為了各自的理想而戰，是一部群像劇風格的英雄故事。這部戲劇在歷史的查證上做足工夫，劇情細膩精彩，堪稱是無可挑剔的作品，同樣都是喜愛說故事的人，西絲蒂娜已經（單方面地）把那名劇作家認定是自己的競爭對手了。

（當紅的年輕作家梅雅麗・克萊塔……我總有一天會超越妳的！）

等公演結束，兩人離開劇場時，外面早已夜幕低垂了。

「感覺一下子就演完了哪。」

「……因為老師你中途就睡著了吧。」

西絲蒂娜不滿地向身旁的葛倫抱怨。

「所、所以我一開始就聲明過，我對戲劇沒興趣啊！」

「即便如此，看到呼呼大睡，神經也太粗了吧……！」

「好、好啦，先不提那個了！關於那部戲，妳準備得如何了!?」

「當然是萬無一失。那種程度的公演，應該完全沒有問題。」

「真的嗎！恭喜妳啦！」

「討厭，馬上就轉移焦點……」

兩人邊走邊聊著不著邊際的話題，這時——

「……!?」

葛倫突然發現情況不對勁，停下了腳步。這裡明明是繁華的大馬路，周遭的行人卻在不知不覺間消失了。

情況明顯有異。

（有人設下了隔離的結界——是誰搞的鬼？）

「老、老師……？」

西絲蒂娜也嗅到了不尋常的氣息，向葛倫投以不安的眼神。

「總之，千萬不要離開我。」

葛倫露出銳利的眼神觀察四周，同時不忘提醒西絲蒂娜。這時——

『——《落入睡神的懷抱中吧》。』

以一節詠唱發動的白魔【沉睡之音】的咒文，宏亮地響徹四周。

如漣漪般在空間擴散開來的睡眠誘導波，彷彿海嘯襲向兩人。

「不妙——白貓！集中精神——」

只能說不愧是前帝國軍人。

實戰經驗豐富的葛倫，當機立斷地以精神防禦成功抵擋住這個突如其來的偷襲，然而——

「咦——!?啊……」

經驗貧乏的西絲蒂娜抵抗失敗。只見她膝蓋一軟蹲在地上，轉眼間便昏睡過去。

「可、惡……!?」

葛倫趕跑滲透大腦的強大睡魔，站在毫無反抗之力的西絲蒂娜身邊保護她。

「是誰!?給我滾出來……!」

這時──

『……我這不就來了嗎？』

一名詭異的男子，無聲無息地從前方黑壓壓的巷子深處現身了。

對方是一名戴著白色面具，身披漆黑斗篷的可疑人物。異常尖銳且無機質的聲音明顯經過魔術變聲，更凸顯出可疑人物陰森可怕的氣質。

「你是什麼人!?」

『那個女孩……名叫西絲蒂娜・席貝爾對吧？快點把她交出來。魔術名門席貝爾家的長女，可是十分具有利用價值的。』

「你……是哪個勢力的人馬？天之智慧……不，不對。」

『我是什麼人與你無關。』

不明人物抖了一下斗篷──

「嗄!?你真以為你叫我把人交出來，我就會乖乖地把她交給你這種可疑人物嗎!?」

葛倫二話不說，拔腿衝向可疑人物。

他從懷裡抽出愚者的阿爾克那塔羅牌——發動固有魔術【愚者世界】。
這招的作用是以葛倫為中心，封殺一定範圍內的所有魔術。
（剛才的【沉睡之音】……短短一節咒文，就能發揮那麼強大的威力，對方無疑是超一流的魔術師！和他打魔術戰只是自討苦吃！）
既然如此，封鎖魔術改打格鬥戰，才有勝算。
當下迅速做出判斷後，葛倫握起拳頭，一直線衝向可疑人物——然而……
「什麼——!?」
眼看兩人的距離就要縮短到進入葛倫的攻擊範圍時，葛倫詫異地睜大了眼睛。
只見可疑人物左手一揮，一道熊熊燃燒的火焰呈螺旋狀向上竄升——蜿蜒的紅蓮炎波襲向葛倫。
「怎麼可能！魔術應該已經被我封殺了啊——!?」
葛倫機警地往旁邊跳開，閃過攻擊。
炎波命中了葛倫前一秒所在的位置。
葛倫只能持續在地上翻滾，有驚無險地閃過一波接著一波來襲的火焰。
「該死——!?」
葛倫往後大幅拉開和可疑人物的距離，悻悻然地咬牙切齒。

「你這傢伙，那枚戒指是……!?」

葛倫瞪視著戴在可疑人物左手上的四枚戒指。四枚戒指看得出來充滿了強大的魔力，明顯就是魔導器。

從剛才的短暫交鋒中，葛倫便識破那個戒指魔導器是『詠唱咒文的保存裝置』。那應該是種使人無需詠唱咒文，就能直接發動預先保存在戒指上的魔術之道具。

魔導器早已處於發動完畢的狀態。即便是葛倫的【愚者世界】，也無法封殺已發動的魔導器。

（那是什麼鬼啊，可惡……就連在軍中時，我也沒看過那種天殺的魔導器……！）

『咯咯咯，你很好奇這個戒指魔導器嗎？這可是我的自信作品。』

可疑人物向感到驚恐的葛倫低聲嗤笑。

聞言，葛倫不禁不寒而慄。對方有能力自行設計製造出機能如此強大的魔導器……換句話說，在魔術師這個領域上，自己跟可疑人物有著懸殊差距。

『這個魔導器對於你這種類型的魔術師特別有效，對吧？雪上加霜的是，你因為判斷失誤，封殺了自己的魔術。』

「什麼……你事前就摸清楚我的底細了嗎……他媽的！」

『好了，現在你很清楚自己毫無勝算可言了，我再警告你一次。』

可疑人物指著熟睡的西絲蒂娜說道：

『丟下那個女孩……西絲蒂娜．席貝爾，自己逃跑吧。按理而言，我不該留目擊者活口，不過只要你肯乖乖離開，我就饒你一命……至於她的死活嘛……我就不敢保證了。』

「…………!?」

『勸你不要心存「說不定還有機會帶她逃走」的僥倖念頭。再說一次，我可是很強的……至少不是現在的你可以正面打贏的對手。眼前你只有兩個選擇，丟下她保住自己的性命，或者乾脆死在這個地方……好了，你要怎麼做呢？』

語畢，可疑人物全身噴發出駭人的殺氣和魄力，壓迫感排山倒海地正面撲向葛倫。

——我會死。

如果反抗——我會死在這裡。

一股強烈的死亡預感讓葛倫焦慮得六神無主，整張臉汗如雨下。

然而——

「哼……不要說夢話了。」

即便全身冷汗直流，葛倫依然擺出了拳擊架式。

「我可是這傢伙的老師耶？聽到有人要我丟下學生，我怎麼可能乖乖聽話，自己逃走！」

『……哼，那我只好殺了你……做好覺悟了嗎？』

「哼！行的話就試試看啊……！等一下可不要被我修理到呼天搶地啊……!?」

然而這只是葛倫的虛張聲勢，他內心絕望到快昏倒了。

我遠比你強大——可疑人物所說的這番話沒有一絲虛假，葛倫不是靠大腦，而是以靈魂理解這個事實的。

面對這名可疑人物，自己肯定毫無勝算。

（可是也只能放手一搏了！就算會受到致命傷，我也要殺到他面前，確實幹掉他！說什麼都要跟他對刺！為了保護白貓，也只剩這種做法了！混帳！）

為什麼會突然碰到這種事？

面對莫名的飛來橫禍，葛倫悲壯地鞏固決心，虎視眈眈地伺機向可疑人物發動突擊，這時……

『唉，你這男人真的教人看了就討厭。』

可疑人物突然低聲喃喃自語。

「……咦？」

『就連這種地方，都跟我一模一樣嗎？可惡、可惡、可惡！』

葛倫當場傻住，可疑人物像小孩子一樣氣得直跺腳，壓迫感十足的殺氣和魄力也頓時煙消雲散。

這時……

「好了好了，親愛的，冷靜點。其實你早就隱約猜到葛倫老師一定會這麼做了吧？」

隨著一道心平氣和的說話聲，一名女性從巷子裡走了出來。

「因為葛倫老師跟你年輕時簡直如出一轍嘛。」

「咦、咦？我記得妳是……白貓的老媽……？」

「是的，好久不見了。葛倫老師。」

中途現身的女性——菲莉亞娜優雅地向葛倫行禮。

「這、這樣的話，那名可疑人物是……？」

可疑人物心浮氣躁地摘下面具和斗篷，丟在一旁。

「……小女平時受你關照了，葛倫老師。」

『……哼。』

快快不悅的雷納多現出了真面目。

「真、真是的！爸爸你到底在搞什麼啊!?太過分了！」

「嗚……對不起啦，西絲蒂～～」

從睡夢中醒來的西絲蒂娜知道事情過程後，不禁大發雷霆，雷納多則淚眼汪汪地向女兒道歉。

「噢、噢……原來如此……剛才那場鬧劇……其實是菲莉亞娜女士您的父母，以前為了考驗雷納多先生所設計的試煉嗎……」

「呵呵，沒錯。他們想要測試看看我丈夫是不是配得上我的男人。」

「貴族做事情都這麼衝動的嗎……」

葛倫也只能受不了地翻白眼了。

「當年我丈夫也像老師剛才那樣，為了保護我，甘冒生命危險接受沒有勝算的挑戰。呵呵，當時我看到他所展現的勇氣，又重新愛上他了……」

菲莉亞娜眉飛色舞地分享起自己的甜蜜往事。

「呃……這樣啊……嗯？等一下……這樣的話，為什麼要拿同樣的試煉來考驗我……？」

葛倫被搞糊塗了。

「……葛倫老師。」

雷納多放棄安撫女兒的情緒，擺出謙虛的態度面向葛倫。

「其實今天一整天，我們夫妻倆都在觀察你們。」

「咦!?」

「……我認輸了。看來……你是有資格當西絲蒂伴侶的男人……或許吧。」

「……啥？伴侶⁉」

「考慮到西絲蒂目前仍是學生，所以我還無法答應讓你們結婚，不過……我女兒這輩子就託付給你照顧了……拜託了。」

雷納多儘管依依不捨，仍毅然彎下腰向葛倫鞠躬。這時——

「等一下……爸爸。我怎麼聽不懂你在說什麼？」

西絲蒂娜表情僵硬，用手肘頂了頂雷納多的肚子。

「夠資格當我的伴侶？結婚？託付給他照顧？那、那個，爸爸，你到底在說什麼啊……」

「嗯？西絲蒂，我才被妳搞迷糊了。你們不是正在交往嗎？」

「………………」

聞言，西絲蒂娜彷彿一尊石像，僵在原地。

「咦咦咦咦咦咦——⁉為、為什麼你會這麼認為啊⁉」

過了半晌，她才錯愕地尖叫出聲。

「我、我、我跟老師在交往⁉這種事情——」

「這種事情很有可能吧⁉因為西絲蒂妳今天一整天都在跟他約會，不是嗎⁉」

「什麼——⁉不對，爸爸，我們這不是在約——」

「看你們開心地一起去餐廳吃飯，妳還買了禮物準備要送給他，後來還跑去看戲……一整天下來……妳看起來既快樂……又幸福……嗚嗚……嗚……嗚喔喔喔喔喔喔喔喔！」

或許是說著說著悲從中來，雷納多仰天流下了男兒淚。

「……喂，白貓。妳……事前沒說清楚嗎？」

「因為我本來想要給他一個驚喜嘛……」

西絲蒂娜只能向一臉疲憊的葛倫嘆氣。

於是——

「真是的，好吧……」

西絲蒂娜從揹在肩上的包包裡，掏出某樣東西遞給雷納多。

「雖然提早了一天……祝你生日快樂，爸爸。」

「喔喔喔喔喔喔喔喔……咦？」

雷納多眨了眨淚溼的雙眼，定睛注視著西絲蒂娜遞出的禮物。

原來是包裝得十分精緻的領帶。

「西絲蒂，這是……？」

「受不了，我本來是想留著明天再給你一個驚喜的耶……對啦，這是我白天買來準備送給爸爸的生日禮物。」

「咦？生日？我的？」

「哎呀哎呀，親愛的……你該不會忘了吧？明天是你的生日啊。」

「經、經妳這麼一說，我才想起來……工作忙到我都忘記了……」

雷納多漸漸釐清了整件事的來龍去脈。

「所、所以說……西絲蒂妳今天的約會其實是……？」

「唉……這不是約會啦，我只是先跑一遍明天全家一起出門、幫你慶祝生日的行程而已。因為爸爸你對料理和酒都很挑剔，也只接受特定的戲劇類型。為了讓我最喜歡的爸爸留下圓滿的回憶，我想把明天的行程規劃得萬無一失，才拜託葛倫老師陪我出門，請他以男性的角度提供意見……」

「……妳……最喜歡的……？為了……我……？」

「是呀。所以……我和葛倫老師之間……現階段沒有爸爸你所臆測的那種關係……」

不只是西絲蒂娜自己在渾然不覺的情況下，使用了『現階段』這種曖昧的字眼……

「嗚喔喔喔喔喔喔喔——！原來是這樣子啊啊啊啊啊啊啊——！」

就連樂不可支地手舞足蹈的雷納多，同樣也沒有發現。

「嗚！菲、菲莉亞娜妳聽見了嗎!?我的女兒果然是天使啊啊啊啊啊——！沒想到她這麼重視我這個父親……嗚喔喔喔喔喔喔喔！搞了半天，原來西絲蒂有男朋友只是誤會啊！太好了，真的太好了——！」

「呵呵，恭喜你呀，親愛的……只不過對我來說有點遺憾呢。」
菲莉亞娜像是在安撫小孩般，撫平了雷納多的情緒後，轉身面向西絲蒂娜。
「話說回來，為什麼西絲蒂娜妳要找葛倫老師商量呢？」
接著菲莉亞娜用不安好心的口吻，提出了這個疑問。
「那是因為……葛倫老師他跟爸爸有幾分相像嘛。」
「嗚喔喔喔喔喔喔喔喔……嗯？」
儘管說者無意，可是聽到西絲蒂娜的這番說法，雷納多頓時愣住了。
（……咦？葛倫老師……跟我有幾分相像……？）
雷納多冷靜地整理腦中的資訊。
西絲蒂娜最喜歡爸爸。
葛倫老師跟爸爸有幾分相像。
以此類推。
西絲蒂娜對葛倫老師……
「…………」
「咦、咦？怎麼了？雷納多先生？」
看到原本歡天喜地的雷納多突然沉默，葛倫疑惑地向他問道……

「葛倫・雷達斯……看來我還是得趁早收拾你這個禍害才行了……！」

只見雷納多一臉凶神惡煞地轉過身，火焰在他的雙手翻騰——

「咦咦咦咦——!?這是為什麼!?」

「閉嘴！給我在那裡站好！我果然還是不能把寶貝女兒交給你這種男人！」

「等一下，爸爸!?」

「哎呀呀，親愛的，你真是的。」

「嗄啊啊啊啊啊——!?我到底做錯了什麼啊啊啊啊啊——!?」

像兔子一樣落荒而逃的葛倫。

像獵犬一樣窮追不捨的雷納多。

葛倫和雷納多展開了你死我活的殘酷追逐戰。

這場漫長的追逐戰，一直持續到菲莉亞娜追上來勒昏雷納多，才終於畫下句點——

無名的逆轉魯米亞

Rumia and the Nameless Reversal

Memory records of bastard
magic instructor

不正經的魔術講師與追想日誌

Memory records of bastard magic instructor

魔術學院放學後——

「老師！快點、快點啦！」

「唉～煩死了，不要催嘛……真是的。」

今天的學院，同樣響起了活力充沛的少女聲音，和無精打采的男性聲音。

他們是西絲蒂娜和葛倫。

此外……

「啊哈哈，不好意思給你添麻煩了，老師……」

「嗯。」

葛倫的左右兩旁，則是一臉苦笑的魯米亞和昏昏欲睡的梨潔兒。

他們四個人混在其他準備回家的學生所形成的人潮中，魚貫地往學校大門口移動。

「哎，今天教的東西，妳們有不懂的地方對吧？教學有不周，我本來就有義務要釋疑啦。況且……」

葛倫轉頭向魯米亞露出堅定的微笑。

「大家一起行動也比較安全吧？」

「老師……真的太感謝你了。」

如是說的魯米亞，則向葛倫回以充滿無限信賴的笑容。

「……咦？我們現在不是要去吃草莓塔嗎？」

梨潔兒呆若木雞地說道，葛倫用力掐住了她的頭。

「……好痛。」

「拜託妳以白貓和魯米亞為榜樣，稍微用功一點！」

這時──

「老師！你怎麼還在拖拖拉拉的!?」

興沖沖地走在前頭的西絲蒂娜回頭大喊。

「Aventure咖啡廳生意很興隆的耶!?不快點去占位的話，好位子就要被人搶光了啦！」

「好啦好啦……呿，我什麼時候變成那種會上咖啡廳開讀書會的假文青了啊……」

葛倫無精打采地嘆了口氣。

「呵呵，我們快點走吧，老師。」

魯米亞的臉上露出向日葵般的燦爛笑容，拉起葛倫的手往前走，梨潔兒則慢吞吞地一路跟在後頭。

『……哼，他們還是老樣子啊。』

一名可疑人物躲在暗處，鬼鬼祟祟地盯著葛倫等四人。

與魯米亞如出一轍的容貌，石灰色的頭髮，蒼白到令人覺得病懨懨的皮膚，混濁的紅珊瑚色眼眸。

這名擁有頹廢氣質的美貌，背上長了一副形狀奇特翅膀的少女，正是納姆露絲。

納姆露絲疑似是不具有血肉之軀的思念體，這樣的她正不可置信地注視著葛倫等人的背影，自言自語。

『真是的，我偶爾來學院查看情況……結果這些人總是鬧得雞飛狗跳的。一個禮拜前梨潔兒因為蛀牙鬧得天翻地覆，六天前葛倫在學校大賺黑心錢，五天前葛倫和魯米亞鬧男女緋聞，四天前梨潔兒在課堂上召喚了謎之生物引發大騷動，三天前葛倫和西絲蒂娜為了無聊小事大吵一架，兩天前到野外調查靈脈時引發了大騷動，昨天嘛……好像是奧威爾闖禍？葛倫他們死命在阻止那個變態亂來……例子多到不勝枚舉……真是的……』

納姆露絲口中唸唸有詞地不停嘀咕，一臉不屑地聳聳肩。

『……沒錯，我只是一時心血來潮想打發時間，才偶爾來學院看看，結果每次的情況都大同小異。他們不會膩嗎？算了，反正我也沒興趣，他們要怎麼在學院過日子，都與我無關……我才沒有興趣呢。』

躲在暗處的納姆露絲，自言自語地如此說道，同時目不轉睛地盯著葛倫等人的背影，感覺都要在他們背上盯出洞了。

此時，葛倫等人正好穿過校門離開校園……

「——!?」

這時，魯米亞似乎感應到什麼，突然開始東張西望。

「怎、怎麼了嗎？魯米亞？」

注意到魯米亞神色有異的西絲蒂娜，不安地開口問道。

「該不會又來了吧……？」

「嗯。最近我常常感覺到奇怪的視線……這果然不是錯覺……」

聞言，葛倫向一臉不安的魯米亞和西絲蒂娜說道：

「……放心啦，這裡有我在。」

葛倫粗魯地摸了摸兩人的頭髮，試圖讓她們放心。

（嘖……那女孩的第六感也太敏銳了吧……）

立刻躲起來的納姆露絲在心中咒罵。

（我可是不具備實體的思念體耶？照理來說，我不會散發出任何氣息，她到底是怎麼發現的呀？）

儘管滿腹牢騷。

可是納姆露絲的視線，始終黏著葛倫等人。

葛倫等人已經把剛才的疑神疑鬼拋到腦後，開始天南地北地閒聊。

（哼。他們好像真的很愉快……什麼事情可以聊得那麼開心呀？）

即便不屑地用鼻子發出悶哼，口不擇言地批評。納姆露絲的眼睛還是很老實地緊盯著葛倫他們。

（…………）

後來，納姆露絲全程一語不發，只是目不轉睛地持續關注著葛倫等人的動向。

翌日。

瀰漫著早晨清新空氣的席貝爾家宅邸。

「魯米亞～該起床了～」

做好早餐的西絲蒂娜，走到魯米亞的房間準備叫她起床。

魯米亞早上容易賴床，所以每天都是由西絲蒂娜負責把她從床上挖起來。

「快點起床準備上學了……我要進去了喔？」

西絲蒂娜叩叩地敲門後，喀嚓一聲打開了房門。

沒想到……

「哼，妳真吵。我早就做好上學的準備了。」

魯米亞早就已經起床了……

「…………什麼？」

西絲蒂娜瞪大眼睛愣在原地，久久說不出話。

她之所以會那麼驚訝，不是因為早上喜歡賴床的魯米亞已經醒來了。

而是才過了短短一個晚上，魯米亞的模樣就判若兩人。

「……幹嘛一直盯著我看？」

魯米亞的髮梢別著無數響叮噹的星形髮飾。其中一邊的臉頰畫上蝴蝶圖案的臉部彩繪。左眼戴上了角膜變色片，刻意讓兩隻眼睛呈現出不一樣的顏色。除此之外，她全身上下佩帶了十字架項鍊和骷髏頭戒指、鍊子等，帶有死亡金屬風格的銀飾。

魯米亞將全套染黑的制服，穿搭成帶有濃濃情色氣息的龐克風。背上則有穿脫式的黑色翅膀裝飾。

而且她嘴裡嚼著口香糖，三不五時吹起泡泡。

西絲蒂娜眼前的魯米亞形象大變，儼然是視覺系龐克樂團的女主唱，眼神還特別凶惡——

「魯、魯……魯米亞？」

「……我當然是魯米亞，不然還會是誰？」

西絲蒂娜一臉驚恐地詢問後，魯米亞（？）語帶不悅地回答。

「不，只是……妳今天怎麼會打扮成這個樣子？」

「……換個形象啊？」

魯米亞撩了一下頭髮，別在髮梢上的無數髮飾發出了清脆的碰撞聲。

「怎麼樣？酷斃了吧？」

「咦？咦咦……？」

「唉……經過一番改造，那套土到爆炸的學院制服總算變得像樣一點了吧？」

「啊、啊、啊、啊啊啊……!?」

「好了，我已經準備好了。快點出門上學吧……就像我們平常那樣。」

「魯、魯米亞開始耍叛逆了——!?」

西絲蒂娜的悲痛叫聲，在一大清早的席貝爾家宅邸迴響繚繞。

如此這般，在平常往魔術學院的上學路上。

魯米亞旁若無人地吹著口香糖泡泡前進。

西絲蒂娜則拉著梨潔兒的手，驚惶失措地緊跟在後。

「……魯米亞怎麼了嗎？」

睡眼惺忪的梨潔兒向走在一旁的西絲蒂娜問道。

「看起來跟平常不一樣。」

「我、我也不知道……過了一個晚上，她就突然性格大變……」

西絲蒂娜除了抱頭嘆氣，也不知該怎麼辦。

幸好父母現在都不在家。如果雷納多看到魯米亞這副模樣，大概已經切腹自盡了吧。

而且，更糟的是……

「魯米亞……感覺變得好酷喔。」

梨潔兒竟然用閃耀著崇拜光輝的眼神，注視著叛逆米亞。

「好好喔。我也想學她這樣……不可以嗎？西絲蒂娜。」

那眼神就跟嚮往自己也能變得跟不良學生一樣風騷的書呆子如出一轍。

「當然不行了，梨潔兒！妳絕對不可以模仿那個樣子！」

這是何等壞示範呀！西絲蒂娜傷透了腦筋。

「話說回來……魯米亞她、她到底是怎麼了啊……？」

不過，冷靜下來仔細思考後，西絲蒂娜對於魯米亞個性不變的原因，想到了一個合理的解釋。

「不，可是……那個人有可能會這麼做嗎……？」

話雖如此，那個荒腔走板的服裝品味，不可能是魯米亞的。

無論如何，打扮的品味姑且不提，從那個冰冷的言行舉止來看，這個叛逆米亞的真面目極有可能是——

正當西絲蒂娜如此分析的時候……

「唷，魯米亞！」

葛倫現身在三人面前。

「我等妳們很久了！關於那件事，妳可以放心了。我一定會在近期內……揪出……狐狸尾巴……」

說著說著，葛倫的聲音變得愈來愈微弱。

「呃……？魯米亞……同學？」

不停嚼著口香糖的魯米亞，轉頭向他投以充滿不屑的視線。

髮飾發出了清脆的碰撞聲。

「怎樣？我的臉有沾到什麼嗎？」

兩隻手插在裙子口袋裡的叛逆米亞，露出冷若冰霜的眼神撂下這句話後，吹起了口香糖泡泡。

葛倫則是眼睛縮得跟豆子一樣小，呆若木雞地看著魯米亞那副模樣，沉默了十幾秒鐘，然後……

「呃，妳是怎麼了啊啊啊啊啊啊啊啊啊啊啊啊啊啊啊──!?」

他也不例外地，發出了歇斯底里的大叫。

「唉……你真吵。我只不過是稍微改變一下形象而已，也太大驚小怪了。煩死了。」

「魯米亞講話才不會這麼粗俗！」

葛倫大受打擊，幾乎就要崩潰。

「噢噢噢……平常總是用開朗的語氣向我打招呼說『呵呵，老師早安，今天早上心情如何呢？』的那個天使去哪了！」

「嗚哇，好噁心……怎麼不去死一死？」

這句銳利如刀的話，經由魯米亞的那張臉和聲音說出來，殺傷力更是驚人。

「咳嗄!?」

玻璃心碎了一地的葛倫膝蓋一軟，整個人趴在地上。

「哼……廢物。」

叛逆米亞悶哼一聲，冷冷地俯視葛倫。她那輕蔑的眼神，讓葛倫的靈魂彷彿遭到千刀萬剮。

「請、請問……！」

西絲蒂娜鼓起勇氣向這樣的叛逆米亞提出疑問。

「妳是納姆露絲小姐對吧……？」

「…………」

見叛逆米亞沉默不語，葛倫這才恍然大悟，把視線投向她。

「啊啊！原來如此啊！」

頓時理解了一切的葛倫，從叛逆米亞打擊中復活了。

「搞什麼鬼啊，嚇死人了！喂！妳這傢伙！白貓說的沒錯，妳是納姆露絲對吧!?」

「什麼？我聽不懂你們的意思耶。」

叛逆米亞聳起肩膀冷笑。

「我哪個地方看起來像那個絕世美少女納姆露絲了？你們的眼睛是瞎了嗎？」

「不要趁機往自己臉上貼金，笨蛋！」

「不信的話，你們可以對這副肉體和靈魂使用識別魔術看看呀？馬上就能證明我是魯米亞了……」

「笑話。生命體的三要素是肉體、靈魂、精神體……妳這個精神存在是霸占了魯米亞的精神體吧？妳再不適可而止，我就要透過心靈手術，把妳從魯米亞的精神強制驅逐出去了。」

葛倫一針見血地點破真相。

「……唉，居然這麼快就被識破了，出乎我的意料呢。」

或許是認清瞞不下去了，叛逆米亞……納姆露絲嘆了口氣。

「沒錯，我是納姆露絲。呵呵，西絲蒂娜……妳竟然看得出我不是魯米亞本人呢。」

彷彿劃破黑暗的一抹朱紅，納姆露絲向西絲蒂娜露出冰冷的微笑。

「咦、咦咦……？」

西絲蒂娜一臉納悶，表情尷尬。

「納姆露絲……沒想到妳意外地笨耶。」

葛倫半眯著眼，冷淡地嘟囔道。

「妳如果想冒充魯米亞，好歹也裝得像一點吧!?妳現在的個性跟她簡直差了十萬八千里！」

「什麼？我才不想那麼虛偽。」

納姆露絲惱羞成怒地說道。

「為什麼我得模仿那女孩呀？我最討厭那女孩了耶？要我模仿她，我都快吐了。」

「這傢伙真的有夠難搞！」

有時痛罵魯米亞，有時又為魯米亞提供建議和協助……納姆露絲對魯米亞懷抱著複雜的愛恨情仇，讓葛倫覺得無所適從。

「言、言歸正傳……妳這次又想幹什麼？妳霸占魯米亞的身體到底有什麼企圖？」

「我才不是霸占，不要講得那麼難聽。」

納姆露絲悻悻然地回答道。

「我只是請魯米亞的精神去深處睡一覺，在這段期間讓我借用一下她的身體而已。不管怎麼說，那女孩跟我的契合度很高，所以我才利用這個特性，借用她一天罷了。」

「借用魯米亞一天……這是為了什麼目的啊？」

「你說呢？」

納姆露絲沒好氣地撇過頭。

「不要管那些小事了。好了，快點上學吧。你們想遲到嗎？」

納姆露絲表面上裝得很冷漠，但言行中隱約流露出迫不及待的感覺，看到她那副模樣，葛倫不禁嘆氣。

這個名叫納姆露絲的少女絕非邪惡的存在。

雖然她的真面目和目的至今依舊成謎……不過每逢危機，她都會主動向葛倫等人伸出援手，說是「友軍」也不為過。

也因為如此……

「真是的……妳真的只會借用魯米亞的身體一天而已，對吧？」

葛倫懶得繼續爭辯，搔著頭如此說道。

「哎呀？魯米亞真的有比我好嗎？看來你對魯米亞有很深的迷戀喔，嘻嘻嘻……」

「不要轉移話題。」

「開個玩笑罷了……嗯，對呀。我只會假扮魯米亞一天。之後我會原封不動地把身體還給她。」

「……最好說到做到。」

納姆露絲基本上是值得信賴的對象。既然如此，一天而已，那就這樣吧。

（話雖如此……又冒出了一個麻煩啊。）

葛倫覺得心煩不已。

「對了，麻煩你們不要把我是納姆露絲的事告訴班上其他人。因為我今天一整天都想扮演魯米亞。」

「……應該馬上就會被拆穿了吧。」

葛倫用不以為然的眼神，從頭到腳打量了納姆露絲的模樣一番。

那副穿著打扮教人看了忍不住頭暈目眩。

察覺到葛倫的視線，納姆露絲志得意滿地揚起嘴角。

「怎麼樣？我的品味很不錯吧？你們學院的制服實在太土了，所以我才稍微做了一點不起眼的改造。」

「不起眼是什麼意思啊？」

「如果是這點程度的小變動，旁人應該會毫不懷疑地相信我就是魯米亞本人……對吧？」

如此大放厥詞後，納姆露絲露出充滿自信的冷笑。

「我明白妳笨到無可救藥，而且打扮的品味慘到不忍卒睹了。」

葛倫也只能錯愕又無奈地嘆氣。

「啥？我不懂你的意思。追根究柢，我的智慧可是你們人類望塵莫及的喔？」

面對納姆露絲的尖銳視線，葛倫只是聳肩敷衍過去。

「唉，偏偏選在這種時候……算了。我只有一個條件。」

「什麼條件？」

「今天一整天……妳要乖乖待在我身邊，千萬不要亂跑喔？」

葛倫含糊地提出條件後，納姆露絲蹙起眉頭。

「……？用不著你說，我本來就打定主意跟著你了。」

「是這樣嗎？……那就好。」

葛倫撒手不管地嘆了口氣，帶著納姆露絲，一如既往地往學院出發了。

——結果。

該說眾人的反應就如同先前的預測，還是會有那種反應本來就很正常呢？

「「「「發生什麼事了啊啊啊啊!?」」」」

納姆露絲踏入二年二班教室的瞬間，班上的學生不約而同地發出慘叫。

「不會吧，咦咦咦咦咦——!?」

無論是卡修。

「魯魯魯、魯米亞!?妳是對什麼事情心懷強烈不滿嗎!?是對這個社會!?還是對這個時代呢!?」

還是溫蒂。

「…………………這不是真的吧？」

就連那個基伯爾也神情呆滯地張大著嘴巴，啞口無言。

看到全班陷入天翻地覆的騷動，納姆露絲不服氣地鎖起眉心。

「太奇怪了，葛倫。為什麼大家看到我會驚恐成這樣？」

「我才想問妳為什麼想不通咧。」

快翻起白眼的葛倫，虛應故事地吐槽道。

「我想想……我確實打扮得稍微時髦了一點……不過也不至於會引起震撼才對吧？」

「妳這句話是認真的嗎？」

經葛倫這麼一說，納姆露絲吹著口香糖泡泡，觀察自己和其他同學在服飾上的不同。

「……啊啊，原來如此，我懂了。」

半晌，她恍然大悟地點了點頭。

「像這樣重新審視自己的裝扮後……我終於知道為什麼會引起這麼大的騷動了。」

「噢，品味爛到爆炸的妳，終於發現自己的打扮有多麼詭異了嗎？很好，那妳快點去把那套衣服換掉……」

只見納姆露絲重新調整掛在手腕上的銀鍊，一臉正經地說道：

「我也太不小心了，沒注意到銀鍊有點戴歪了，好俗喔。」

「妳搞錯重點了，妳是白癡嗎!?」

葛倫第一時間就開口吐槽。

這時……

「「「我們聽到風聲了————————————！」」」

咚咚咚咚咚咚咚咚——！

一大群男學生從教室外面的走廊蜂擁而入，眨眼就團團包圍住納姆露絲。

「「「「我們是《魯米亞親衛隊》！在此登場！」」」」

由各年級的男學生所組成的親衛隊，氣勢如虹地湧向納姆露絲。

「……這些人是誰呀？」

「他們是魯米亞粉絲俱樂部的成員。」

葛倫聳聳肩，回答冷眼詢問的納姆露絲。

「魯米亞是這所學院的女神。信徒多到可以組成這種地下組織。」

「哦？有這麼多男生在迷戀她啊？這樣啊，這群人還挺有眼光的嘛。我欣賞他們。」

「妳到底是喜歡魯米亞，還是討厭她，立場可以堅定一點嗎？」

「當然是討厭啊。」

「妳這傢伙真的有夠莫名其妙。」

當葛倫和納姆露絲有一搭沒一搭地鬥起嘴來時……

「呀啊啊啊啊啊——！怎麼會有這種事——！」

「我、我們的魯米亞怎麼會崩壞成這副德性!?」

「不、不要——！這樣的魯米亞我不要——！」

魯米亞粉絲俱樂部的成員哭得呼天搶地，現場儼然成了哀鴻遍野的地獄。

「魯米亞！我們那天使般的魯米亞怎麼不見了——!?」

「這模樣根本不叫天使，應該是墮天使才對吧——！」

「我不承認！絕對無法接受這種變身成墮天使的魯米亞！」

「沒錯沒錯！求求妳快點變回之前的天使魯米亞吧——！」

男學生們一邊痛哭，一邊自我中心地向納姆露絲提出任性的訴求。

見狀，納姆露絲頓時面無表情，眼神中漸漸燃起怒火……最後……

「你們這群豬哥，給我閉嘴。」

納姆露絲用魯米亞絕不可能說得出口的字眼破口大罵。

這句話讓場上所有人嚇得目瞪口呆，一動也不動。

「真是的……」

目中無人的納姆露絲大剌剌地坐在講桌上，交疊著修長的美腿，露出輕蔑的眼神，高高在上地鄙視著粉絲俱樂部的男學生。

「變回平常的魯米亞？什麼要求不提，偏偏要本小姐變成魯米亞？你們是來挑釁我的嗎？」

「妳真的很愛鑽牛角尖耶。」

納姆露絲無視葛倫的冷靜吐槽，繼續說道：

「天使，什麼天使啊？你們這群豬哥對女生抱有太過不切實際的幻想了啦……想要接受我的調教嗎？嗯？」

「「「「咿、咿咿咿!?」」」」

納姆露絲散發出的驚人魄力，嚇得粉絲們渾身發抖。

「再說，這是怎樣？對你們來說，不過只是稍微改變了一下形象，魯米亞就不再是魯米亞，不值得一愛了嗎？」

「「「「———!?」」」」

納姆露絲的當頭棒喝，讓粉絲們睜大了眼睛。

「你們對魯米亞的愛就只有這點價值嗎？太令人失望了。」

而且納姆露絲那帶著輕蔑之意，彷彿可以看透人心的眼神，一一射穿了粉絲們的靈魂。

一股令人渾身起雞皮疙瘩的新感覺，在粉絲們的背脊流竄，那是一種既類似痛楚又類似快感，難以言喻的奇妙感覺……

（這種瞧不起人的態度和眼神……才不是魯米亞……！）

（不過，這股感覺是怎麼一回事!?）

（這股讓人自然而然地想要下跪磕頭的瘋狂衝動究竟是……!?）

於是……

「哼……你們還杵在那裡做什麼？假如你們對魯米亞的愛是貨真價實的……那就快點證明你們的愛呀。」

納姆露絲做出以上的表示後——

「「「「遵、遵命～～！」」」」

聚集在場的魯米亞粉絲們，自然而然地跪在納姆露絲跟前，五體投地地向她磕頭。

「雖然一開始覺得無法接受……可、可是像這樣子……其實也不錯吧……？」

「啊啊……！下跪的瞬間，自內心深處湧出的這股喜悅……！」

「不是天使的墮天使……原來也有其獨特的魅力嗎……！」

「我、我們是墮天使魯米亞的奴隸！」

「「「「噗咿咿咿咿咿——！」」」」

疑似被打開了某種開關的粉絲們，一臉歡喜地流著淚水，開始膜拜起納姆露絲……

「這學院已經沒救了。」

葛倫一臉嚴肅地斷言。

「等等！老師!?你也太快就決定見死不救了吧!?這些人充其量只是一小部分的學生而已呀!?」

「納姆露絲……好酷喔……」

「不可以崇拜她啦——————！」

看到梨潔兒眼睛閃閃發亮的崇拜模樣，西絲蒂娜頭痛到都快昏倒了。

在納姆露絲的參與下，二年二班一如既往地開始上課。

今天的上課地點，是有著寬廣圓形賽場的魔術競技場。

「……如此這般。現在要進行的是『魔術戰訓練課』……」

葛倫語帶嘆息，向集合完畢的二班學生說道。

魔術戰訓練課，即是以魔術進行戰鬥訓練，藉此讓學生摸索在戰鬥中運用魔術的方式與訣竅。

「哦？以前我心血來潮觀察這所學院時，也曾經偶然看過這門課的教學情況……沒想到自己也有實際參與的一天呢。」

聽到納姆露絲的自言自語，葛倫愣住了。

「咦？妳該不會是想參加這門課吧？不觀摩就好嗎？」

「啥？這還用說，我當然要參加呀？」

納姆露絲冷冷地瞪了葛倫一眼。

「呃，可是現在的妳又不是魯米亞……那個……其實也不需要勉強自己上課啦……」

「什麼？葛倫……你該不會是瞧不起我吧？你覺得我沒有戰鬥的能力嗎？」

納姆露絲耀武揚威地回嗆葛倫。

「哼，在很久很久以前的遠古時代……我可是都一直在跟來自外宇宙的邪神們戰鬥呢。坦白講，這裡的人都不是我的對手。」

「雖然前半部的聳動字眼，讓我聽了心驚膽戰……但妳說的是真的嗎？」

「當然是真的呀。不如這樣說吧……在這世界上，真的有能打贏我的『人類』嗎？嘻嘻……」

納姆露絲散發出令人心生畏懼的強大存在感，笑得十分妖豔。

「那、那個……經妳這麼一說，這下更沒道理，讓妳跟其他學生一起上這門課了吧……」

「閉嘴。我不是說過了嗎？今天我就是要扮演魯米亞。你別礙事，否則我會讓你從這個世上消失喔？」

納姆露絲展現出令人不寒而慄的驚人魄力。

即便說破嘴她也聽不進去，葛倫認清了這個事實。

「啊啊啊啊，怎麼會這樣！」

不管怎麼看，這門課繼續上下去準沒好事，葛倫不禁抓著頭仰天大叫。

「妳一定要手下留情喔!?千萬不要打傷人，更不要鬧出人命喔!?」

「哼，絕對的強者原本就該多體諒無力的弱者……放心吧，我保證不會傷到你寶貝的學生。」

葛倫也只能相信納姆露絲的說詞，硬著頭皮開始安排對戰組合。

於是——

一對一的決鬥戰正式開打。

「嗚……」

站上賽場的西絲蒂娜全身冷汗直流。

「喏，快點放馬過來吧。」

西絲蒂娜的對手是——納姆露絲。她臉上掛著妖豔的笑容，泰然自若地站在西絲蒂娜面前。

（唔……納姆露絲小姐……!?）

西絲蒂娜最近有了大幅成長，上課時與其他學生打魔術戰無往不利。

她也建立起一定程度的自信。

然而……

（這股感覺……是怎麼一回事!?）

和納姆露絲對峙後，西絲蒂娜心裡有種無法抹除的不祥預感，感覺自己無論發動任何攻勢，都會被這個早已達到天之領域的對手一一化解，並且反將一軍。

「西絲蒂娜……妳在害怕什麼？」

納姆露絲冷笑著嘲諷道。

那抹笑容看起來低沉且陰森。

渾身漆黑的裝扮，使西絲蒂娜一度產生錯覺，覺得納姆露絲是來自地獄的死神。

「「「…………!?」」」

一旁觀戰的學生們，也受西絲蒂娜的恐懼感染，他們全身冷汗直流，緊張兮兮地關注著賽況。

「不用擔心被我吃掉。我就陪妳過個幾招吧，不用客氣，放馬過來。」

雖然納姆露絲狂傲自大的態度惹毛了西絲蒂娜，可是……

（不行……！納姆露絲小姐……感覺深不可測！我完全不覺得自己有勝算！）

一股充滿絕望的敗北預感，壓得西絲蒂娜快要喘不過氣。

……即便如此。

（不過，我不能未戰先降！只要把這場戰鬥……當作是幫助我成長的良好經驗就行了！）

西絲蒂娜下定決心放手一搏——

「《雷精啊》——！」

只見她大聲唱出咒文，伸出左手手指瞄準納姆露絲。

從她的手指頭所射出的紫電，朝著納姆露絲直飛而去。

西絲蒂娜的咒文詠唱速度和精準度近來都有大幅提升，讓一旁觀戰的學生看得暗暗吃驚，然而——

（不行……這招行不通！在我施放咒文的瞬間，就被對方清楚看破了！不管我怎麼出招，都會被化解！要被反擊了——）

強烈的敗北預感，沿著西絲蒂娜的背脊猛烈往上竄升——

「……哼。」

納姆露絲悠哉地冷笑，像在趕蒼蠅一樣，向朝著自己飛來的紫電，輕輕揮了一下手——

啪嘰啪嘰啪嘰啪嘰啪嘰——！

「哇呀!?」

——結果，納姆露絲遭紫電打個正著，被電到哇哇大叫。

「……咦？」

這幅似曾相識的畫面，讓西絲蒂娜和觀戰的學生看得啞口無言。

「……嗯？咦？呃、呃……勝利者是……白貓？嗯？真的假的？」

葛倫傻眼地宣判比賽結果。

「……咦？奇、奇怪……？」

在原地躺成大字狀的納姆露絲眼睛眨個不停，嘴裡嘟囔著。

「為什麼？那道咒文的結構不過只有那種程度，我應該可以輕鬆《分解》才對呀……」

於是，在大家都一臉狐疑的情況下，納姆露絲迎接了下一位對手。

就跟前一場比賽一樣，面對納姆露絲排山倒海而來的強者氣息，與她對戰的學生同樣心生絕望，以為自己輸定了，然而……

「認命吧！」

「咿!?」

比賽一開始，被納姆露絲的存在感嚇得半死的瑟西魯，一看到她舉起手，便反射性地閉上眼睛。

可是……

「…………!?……奇怪？」

等了半天，不見有任何咒文飛來。

瑟西魯心有餘悸地睜開眼睛一看……

「咦？……為、為什麼？」

只見納姆露絲不斷對準瑟西魯比劃手指。然而她的手指頭卻絲毫沒有動靜。

「我、我的《無音詠唱》怎麼失靈了……」

「呃，呃……《雷精的紫電啊》。」

瑟西魯有所顧忌地，朝一臉錯愕的納姆露絲施放了【休克電流】。

啪嘰啪嘰啪嘰啪嘰啪嘰——！

「呀啊!?」

納姆露絲又吞下了一場難堪的敗戰。

「……原來如此。」

倒在地上的納姆露絲擠出嘲諷的笑容，喃喃自語。

「因為這副軀體是屬於身為人類的魯米亞，所以完全無法施展我應有的實力……」

「……這件事妳早該想通了。」

湊到納姆露絲身旁的葛倫，無奈地嘟囔著。

「現在呢？還想繼續打嗎？要不要乖乖站在一邊觀摩就好？」

「我才不要！」

納姆露絲倏地爬了起來，毫不客氣地拒絕了葛倫的好意。

「我說過了吧？今天一整天我都要上課！而且好戲才正要開始呢！張大眼睛看著吧，我要讓你們見識一下來自異世界的弒神者，力量有多麼可怕！」

「……是喔是喔。對了，妳別忘了那身體是魯米亞的，拜託妳適可而止……」

見納姆露絲依舊燃燒著旺盛的鬥志，葛倫不禁嘆氣。

——結果……

那一天，納姆露絲輸得一蹋糊塗。

或許是因為她無法發揮她所宣稱的應有實力，現在的納姆露絲連三節詠唱都唱得亂七八糟，是技術比葛倫還拙劣的窩囊魔術師。

即便如此，納姆露絲仍不服輸地繼續比賽。

比賽到最後，納姆露絲的每個對手都一臉愧疚，不費吹灰之力擊敗了她。

「哼……這樣的結果也是無可厚非的。」

屈辱的魔術戰訓練課結束後，納姆露絲厚著臉皮如此表示。

「畢竟我無法發揮應有的實力，自然不是你們的對手。擊敗怪物的，每次都是人類。超凡的存在終究會敗在區區人類的手中，被踩在地上……今天我也算是學到了寶貴的經驗。」

納姆露絲撥弄頭髮發出清脆的金屬碰撞聲響，自吹自擂，然而……

「納姆露絲……妳的眼淚都快掉下來了喔。」

葛倫不動聲色地戳破了牛皮。

「…………」

納姆露絲充耳不聞，把頭撇向一旁。

後來——納姆露絲持續挑戰葛倫的耐性。

上魔術藥學的時候——

「嗚……咦？呃……？接下來……要怎麼做……？」

納姆露絲滿頭大汗，戰戰兢兢地把素材投進放在小型火爐上煮沸的鍋子裡。

而且她拿玻璃棒攪拌鍋子時，棒子頻頻發抖。

「魯米亞……她今天到底怎麼了……？」

「魔術藥學明明是她的領域啊……」

「嗚嗚……她攪拌魔藥的動作好不穩定，都快看不下去了。」

納姆露絲調製魔藥時的笨拙模樣，讓一旁的學生看得心驚肉跳。

「喂，納姆露絲……不管再怎麼笨手笨腳，這樣也太誇張了吧……」

背後的葛倫傻眼地埋怨道。

「少、少囉嗦！我只是還不熟悉這副軀體而已！現在不要跟我說話！」

納姆露絲拿出匕首，把藥草切得歪七扭八。她下刀時動作僵硬，隨時都會切到自己的手指。

「……要、要不要我幫妳切？」

「不用你雞婆！很、很好……總算切完了……接下來只要把這些藥草拿去煮……！」

只見納姆露絲一把抓起藥草就往鍋子裡丟——

「喂，笨蛋!?妳順序搞錯——」

轟！

藥草下鍋的瞬間，鍋子爆炸了，納姆露絲被炸得灰頭土臉，嘴巴冒出了煙。

午休的時候。

咚！

「……這是什麼？」

葛倫狐疑地看了納姆露絲冷不防放在講台上的盒子一眼。

意。

「給你的便當。」

納姆露絲以充滿不悅的口吻公布答案。

「……什麼？」

「今天輪到魯米亞幫你做便當對吧？所以只好由我代勞了。還不心懷感激。」

「是、是嗎？妳肯幫我準備便當，我當然會感激地收下啦……」

沒想到納姆露絲會特地幫自己準備便當，葛倫雖然感到十分驚訝，但卻並不排斥她的好意。

葛倫立刻打開便當蓋一瞧。

只見便當盒裡塞滿了詭異的暗黑物質，根本看不出來原本是什麼食材。

而且，一股難以形容的惡臭，從開蓋的便當盒裡飄散而出，瀰漫了整個教室——

「……嗚、嗚哇，這煎蛋看起來好好吃喔……？」

「那是三明治。」

葛倫啞口無言了。

在四周學生的屏息注視下，葛倫和納姆露絲默默地僵持了好一段時間。

「……別等了，快吃吧。」

「誰要吃啊，又不是瘋了——!?」

葛倫向淡然地把便當盒推上前的納姆露絲咆哮。

「妳啊！如果要做便當請別人吃，頂多只能犯下把鹽巴和砂糖搞錯這種令人又氣又好笑的錯誤而已！妳請我吃這種鬼玩意兒，是想毒死我嗎!?」

「我辛苦準備的便當被你嫌棄得一文不值，會不會太過分了，葛倫。」

「少囉嗦！這種產業廢棄物，妳也好意思稱作是料理嗎!?快向全國的農家道歉！向全國的廚師道歉！」

「沒禮貌的傢伙，雖然看起來不是很美觀，可是我用的都是可以吃的食材，當然能安心享用了。」

納姆露絲悻悻然地回答。

「那妳自己吃吃看啊。」

「……有什麼好不敢的。」

納姆露絲冷酷地瞥了葛倫一眼後，拿起了叉子。

「如果我吃了，葛倫你也會吃吧？」

「噢、噢……？」

如是說後，納姆露絲用叉子刺起了一部分的謎之暗黑物質，放進口中咀嚼。

——下一秒。

納姆露絲冷不防猛烈地抽搐了一下，全身僵硬——

「…………………………………」

她的臉頓時面無血色，然後——

「嗚嗯嗯嗯嗯嗯嗯嗯……!?咳噗！嗯嗯！嗄啊!?」

只見納姆露絲眼睛睜大到眼眶都快裂開了，摀著嘴巴痛苦掙扎。

「嗄!?咳咳!?咕噗!?啊啊啊啊啊啊啊啊!?嗯啊啊啊啊啊啊啊啊啊——!?」

「喂、喂!?妳、妳不用勉強自己吞下去啊……」

最後，她終於撐過了那非比尋常的痛苦……

「哈啊……哈啊……呼……呼……我……我吃掉了……」

只見臉色蒼白得像死人的納姆露絲溼著眼眶，喘得上氣不接下氣，身體搖搖欲墜地轉身望向葛倫。

「看……我已經證明可以安心食用了……快點吃吧。」

「我才不要咧!?」

葛倫當機立斷，一溜煙地拔腿就跑。

「啊！給我站住！」

納姆露絲捧著便當盒，露出淒厲的神情追著葛倫四處跑。

「救、救命啊啊啊啊啊——!?」

這場你追我跑的戲碼，一直持續午休時間結束為止。

後來，無論是上課或下課時間，納姆露絲都死纏著葛倫不放……

「啊，完成了！葛倫你看！這是我製作的護身符喔！怎麼樣？」

「喔喔。妳成功把大盧恩符文刻到寶石上了啊？」

「哼，當然啊，只要我稍微認真一點，近代的小兒科魔術根本就……」

「話說回來，妳浪費了多少顆寶石才完成這一個護身符啊？」

「…………用不著你管。」

——放學後。

「好不容易終於撐過今天了……」

快要累壞的葛倫，精疲力盡地趴在教室的講桌上。

「辛、辛苦你了，老師……」

「葛倫，你今天好像很忙。」

西絲蒂娜和梨潔兒紛紛慰勞葛倫。

「哼，懶懶散散的，一點都不成體統。」

納姆露絲則語帶輕蔑地嘲諷葛倫。

「呿，也不想想是誰害我累成這樣的啊。」

葛倫忿忿不平地用眼角餘光瞄了納姆露絲一眼，如此抱怨。

「算了，不跟妳爭了……欸，今天已經結束了喔，納姆露絲。」

「！」

葛倫下達通牒後，納姆露絲噤口了。

「妳差不多可以把魯米亞的身體還來了吧。呼……這下終於可以放鬆了……」

葛倫如釋重負地鬆了一口氣，絲毫沒留意到納姆露絲的表情。這時……

「……我不要。」

「嗄？」

沒想到納姆露絲會出爾反爾，葛倫、西絲蒂娜和梨潔兒都愣住了。

納姆露絲無視他們的反應，大搖大擺地坐在桌子上，妖豔地蹺起腿，輕笑出聲。

「……計畫臨時有變，我決定要繼續維持這個狀態一段時間了。」

葛倫和納姆露絲之間的緊張情勢瞬間升高。

「……喂，怎麼跟之前說好的不一樣？那副身體是魯米亞的。快點還來。」

「吵死了，整天把魯米亞的名字掛在嘴邊……怎樣？你愛上她了嗎？」

「才不是那樣！妳別太得寸進尺，不然我真的要用心靈手術，把妳趕出魯米亞的身體喔!?」

見納姆露絲突然反悔，葛倫怒目橫眉地說道。

納姆露絲嗤之以鼻地笑了一聲後，突然扯開嗓門大叫：

「呀啊啊啊啊——！誰、誰來救救我呀啊啊啊啊啊啊啊——!?」

「咦？喂、喂，妳……」

剎那。

「「「「魯米亞大人————！」」」」

「「「「在此聽您吩咐————！」」」」

魯米亞粉絲俱樂部的成員不知從哪冒了出來，以怒濤排壑之勢湧進教室。

「請大家救救我！那個垃圾老師強迫我——」

「等一下——」

魯米亞平常明顯對葛倫比較偏心，這個事實似乎也起了火上澆油的作用。

「「「「你這邪惡教師————！」」」」

「「「「雖然不曉得發生什麼事，總之不可原諒————！」」」」

只見粉絲們群情激憤，同時衝上前壓制葛倫。

「呀啊!?」

「嗯……不要擋路！」

西絲蒂娜和梨潔兒也被人牆包圍，無法輕舉妄動。

「納姆露絲，妳這傢伙!?妳想幹什麼？給我站住——」

「啊哈哈！我先走一步了，葛倫老師……好好保重呀。明天見……」

向慘遭學生蹂躪的葛倫投以一抹冷笑後，納姆露絲從容不迫地離開了教室——

「哼，開口閉口提的都是魯米亞，聽了就煩。」

成功擺脫葛倫的納姆露絲直接離開學院，一路從大門口往大街移動。

「話說回來，學院生活嗎……沒想到還挺有意思的嘛。」

納姆露絲就像終於獲得垂涎已久的玩具的小孩，笑得十分開懷，本人卻毫無自覺。

「看來短時間內不用怕無聊了……」

納姆露絲心情雀躍地如此喃喃自語。這時……

啪嘰！

「——嗚!?」

一道魔術的電擊突然打在背上，那股衝擊讓納姆露絲瞪大了雙眼。下一秒，她全身虛脫無力，雙腳癱軟，直接趴倒在地上。

（咦、咦……？剛才那個是……？）

在逐漸變得模糊的意識中。

納姆露絲朦朧地感覺到，自己被不明人物抱起來帶走了。

…………

「……嗚……嗯？」

醒來後，納姆露絲發現自己疑似躺在倉庫的地上。

她的雙手被綁在後面，雙腳也被繩子牢牢地捆了起來。

「……這……這是什麼情況……？」

一臉驚恐的納姆露絲扭動身軀，東張西望。這時……

「妳醒了嗎……？魯米亞妹妹……嘻嘻嘻……」

一名瘦骨如柴的陌生青年，映入她的眼簾。青年呼吸急促，目光如炬，頂著一頭亂髮。身體被長袍包得緊緊的。是一個會讓人產生生理嫌惡反應的男子。

「……你想做什麼？」

納姆露絲皺著眉頭問道。

「魯米亞妹妹……太好了，妳今天沒有跟那個奇怪的教師在一起。」

男子露出陰森的笑容說道。

「我……一直都在注意妳喔……好不容易終於有機會，可以跟魯米亞妹妹說話了……嘻嘻嘻……」

「……嘖。」

納姆露絲露出輕蔑的銳利眼神，忿忿地咂嘴。

「你這是怎樣？噁心。別鬧了。快點幫我鬆綁，你這垃圾。」

納姆露絲毫不留情，以惡毒的字眼攻擊青年。

男子聞言……

「不、不對————!?」

男子突然情緒失控，他抓住納姆露絲，雙手勒緊她的脖子。

「嗄——……！嗚！」

「魯米亞妹妹才不會那麼說話！魯米亞妹妹是個性溫柔，彷彿天使般的女孩！這是怎麼回事!?為什麼妳的打扮和說話語氣，會變得跟街上的婊子一模一樣——！」

「咕……嗄……！」

「絕不允許！魯、魯米亞妹妹……妳居然背叛我……！不可原諒……！」

男子用力推開納姆露絲。

「嗄啊──!?」

好不容易獲得解放的納姆露絲大口呼吸，補充氧氣。

「咳！咳咳！」

「啊……對不起，魯米亞妹妹……妳是不是很痛苦……？」

「混、混蛋……你居然敢……!?」

納姆露絲一副要咒殺男子的模樣，火冒三丈地怒瞪著他──

「你知道我是誰嗎!?就憑你這不堪一擊又渺小的人類，竟敢不知天高地厚地觸犯我──做好覺悟吧！我要搗爛你的肉體，粉碎你的精神，讓你的靈魂支離破滅，然後撒在冥府裡──」

不管是誰，聽到這番彷彿自地獄深處傳來的威脅，肯定都會嚇個半死。

──然而。

（咦……？）

納姆露絲赫然發現，自己的肩膀和嘴唇都在微微發抖。

（……這、這種感覺是……？）

那是納姆露絲在活了漫長到近乎永恆的歲月後，不知不覺所遺忘的感情──恐懼。

在占用了渺小人類的皮囊後，早已喪失的感情，如今又悄悄地死灰復燃。

「怎、怎麼可能……？我、我居然會害怕這種垃圾……？」

就在納姆露絲對自己的反應感到驚愕時……

「閉嘴！魯米亞妹妹才不會講那麼粗俗的話！」

「啪！」情緒激動的男子，打了納姆露絲一巴掌。

「啊——」

這記耳光成了致命一擊。

無法蒙蔽的恐懼，從內心深處源源不絕地宣洩而出，漸漸吞噬了納姆露絲。

「……嗚。」

顫抖往全身擴散，牙齒喀嘰喀嘰地發出輕微碰撞的聲響。

「對、對不起，魯米亞妹妹……不小心嚇壞妳了……不過，這全部都要怪妳自己喔……？」

「……嗚……啊……」

「放心吧……為了讓魯米亞妹妹變回原先的天使……我會重新教育妳的……妳看這是什麼？」

不知道他是從哪弄到手的，面露陰森笑容的男子，拿出了魔術學院女生制服和附項圈的鎖鏈。

「——!?」

納姆露絲不禁倒抽了一口氣。一股最壞的預感，激起了她的嫌惡與恐懼——

要馬上把這副軀體還給魯米亞，自己逃跑嗎？

（把、把那女孩當作祭品，這種自私的事，我怎麼可能做得出來……!?可是，不這麼做的話，我到底該怎麼辦……!?）

怕得直發抖的納姆露絲腦袋陷入空轉，想不出具體的辦法。

「嘻嘻嘻……放心……不用害怕……總之先換上衣服吧……」

男子如此說道，把狼爪伸向納姆露絲……

「誰、誰來……救……救我……」

束手無策的納姆露絲，整個人瑟縮成一團，緊緊閉上眼睛。這時……

——不用擔心，納姆露絲小姐。

——老師馬上就會趕到了——

感覺有道聲音在心裡向自己私語。那道低喃聲中沒有動搖與恐懼，僅是充滿了對某人的信賴——

「————!?」

就在納姆露絲倏地睜開眼睛的同時。

「喝啊啊啊啊啊啊啊————!」

「碰!」有人從外面一腳踹開倉庫的門，氣勢洶洶地衝了進來。

那個人就是——

「為了以防萬一，我先前在魯米亞身上附魔了探知魔術，這麼做果然是對的————!」

「葛、葛倫!?」

沒想到葛倫會在這時候出現，納姆露絲不禁目瞪口呆。

然後——

「什麼……你、你是那個老愛黏著我的魯米亞妹妹，在她後面當跟屁蟲的教師!?可惡!你闖入我和魯米亞妹妹的愛巢想做什麼——」

「你這變態跟蹤狂，廢話真多————!」

「——嘎呀啊啊啊啊啊啊————!」

氣勢洶洶闖進了倉庫的葛倫，二話不說一拳揍飛了那名青年。

「真是的……我不是警告過妳，今天一整天都要跟緊我嗎？」

「嗚……對不起。」

把跟蹤狂綑綁起來，交給菲傑德的警備官處理後……

葛倫滔滔不絕地向脫離魯米亞的身體、回到無實體狀態的納姆露絲說教。

納姆露絲意志消沉，和先前桀傲不遜的態度相比，簡直判若兩人。

「魯米亞發現最近好像有人在跟蹤她。偏偏那個傢伙在魔術上似乎略有涉獵，一直把狐狸尾巴隱藏得很好……因此可以說，若不是因為妳，我們也很難把他揪出來。」

「好、好了，到此為止吧，老師……」

魯米亞在一旁勸氣呼呼的葛倫消火。

「反正納姆露絲小姐和我都平安無事，就不要再追究了……」

「既然身為當事人的魯米亞願意原諒她，那我也不會再繼續苛責下去了……」

葛倫氣憤難消地咂了聲嘴後，又瞪了納姆露絲一眼。

「可是……妳為什麼要霸占魯米亞的身體啊？現在可以告訴我們原因了吧？妳都已經給我們製造這麼多麻煩了。」

納姆露絲神情凝重，轉頭朝著其他方向沉默不語……半晌後，她終於喃喃說道：

「我也不知道。或許是因為……我有點羨慕每天都開心地在學院吵鬧的你們吧。」

聽了納姆露絲的自白後，葛倫頓時說不出話。

「我沒有肉體，也沒有像你們一樣可以嬉鬧的對象。所以……我只是抱著好玩的心態，想試著加入你們的圈子而已。就是這麼簡單。沒什麼大不了的，對吧？」

好玩的心態。沒什麼大不了。

納姆露絲轉身背對葛倫等人，一如既往地說得輕描淡寫，然而……

她的背影看起來是如此渺小。

「……真是的。」

葛倫見狀，也不忍再針對她，只能將不滿吞下去，頭撇向一旁嘆氣。

於是——

「算了。我會從你們眼前消失的。」

納姆露絲以堅定的口吻說完，轉身面向葛倫等人。

「哼。這種沒有意義的時間，過一天就夠了。我發誓，今後再也不會干涉你們的日常生活。」

語帶不屑地撂下這句話後，納姆露絲接著望向魯米亞……

「……抱歉。」

納姆露絲以微弱到幾乎快聽不見的音量輕聲說道，接著像過去那樣，如幻影般地慢慢消失。

眼看她就要徹底消失時——

「納姆露絲小姐！」

魯米亞叫住了她。

「……什麼事？」

「那個……如果妳哪天又想重溫校園生活，請儘管跟我說，不用客氣。」

「…………」

見魯米亞表現出如此大方的態度，納姆露絲不禁愣在原地，頻頻眨眼。

「嗄？難道妳不生氣嗎？今天一整天，妳在校園的名聲，已經被我摧毀到一蹋糊塗了喔？」

「啊哈哈，那確實是有點傷腦筋。」

魯米亞曖昧地笑了。

「不過，我不在意我的名聲變得如何。納姆露絲小姐，妳今天玩得很開心吧？雖然那段期間我一直在沉睡……可是我隱約感覺得出來。」

「…………」

「而且……我更不喜歡看到納姆露絲小姐孤單寂寞的樣子……所以……」

「唉。」

葛倫一副很麻煩地抓著頭，用眼角餘光瞄了納姆露絲一眼。

「既然學生願意配合妳，我也沒差啦……只是，麻煩妳下次安分一點。別再像今天這樣搞得人仰馬翻的了。」

聞言，納姆露絲輪流端詳了葛倫和魯米亞兩人。

隨後。

「哼……我就是看你們這種雞婆的地方不順眼。」

納姆露絲冷漠地拒絕了兩人的提議，轉過身……

「不過……謝謝你們。」

接著，她以勉強才能聽見的微弱音量，如此低聲說道。

語畢，納姆露絲頭也不回，逐漸消失在虛空之中。

「她真的是很神祕又莫名其妙的傢伙耶。」

目送納姆露絲消失之後，葛倫聳了聳肩。

「不過，要是有一天，納姆露絲小姐也能加入我們的圈子，和我們一起開心地生活就好了。」

魯米亞以平靜的口吻，輕聲許下心願。

「……或許吧。」

葛倫抓了抓頭，露出苦笑。

幾天後的學院。

「老師！你又跑到這種地方混水摸魚了!?」

「咦!?白貓────!?」

葛倫和西絲蒂娜一如既往，引發了騷動。

「啊哈哈……」

魯米亞就像過去那樣，只是靜靜地看著兩人大吵大鬧。

途中，魯米亞驀地轉過頭。

有那麼一瞬間，她感覺到有人躲在後面的樹蔭裡，默默地關注著他們……

「嗯？魯米亞，怎麼了？」

「不，沒什麼。」

魯米亞向納悶的梨潔兒面露笑容。

「好，我們去找西絲蒂她們吧？」

「嗯。一起去。」

魯米亞牽起了梨潔兒的手，跟在葛倫和西絲蒂娜的後面奔跑。

裝病看護☆大戰爭

A Totally Sick Struggle

Memory records of bastard magic instructor

事情發生得很突然。

「嗚……」

當阿爾扎諾帝國魔術學院二年二班在教室上課的時候。

手拿粉筆站在講台上慢吞吞地寫字的葛倫，突然一個踉蹌跌倒了。

「老、老師!?」

「有沒有怎樣!?」

「葛倫!?」

看到葛倫出現異狀，西絲蒂娜、魯米亞、梨潔兒三人頂開椅子站了起來。

騷動逐漸在教室內的學生間蔓延。

「我……我很好……妳們快坐下……繼續上課……」

跪在地上的葛倫一副虛脫無力的模樣，試圖站起來。

然而，或許是身體使不上力的關係，葛倫馬上又癱軟了。

「——!?」

當其他學生不知所措地愣在自己的座位時，坐立難安的西絲蒂娜等人忍不住衝上講台圍在葛倫身邊。

「好燙!?怎麼會燙成這樣!?」

西絲蒂娜伸手碰了葛倫的額頭後，簡直嚇壞了。葛倫的身體燙到令人驚訝的地步。

仔細一瞧，葛倫呼吸急促，額頭大汗涔涔，眼睛也無法精準對焦。

「老、老師，你明明身體不舒服，剛才還勉強自己上課嗎!?」

「呵，放心吧……只是一點小感冒而已。呼……呼……咳咳……考試快到了……我不能拖累你們……咳咳……」

葛倫意識模糊，撥開西絲蒂娜等人的手，試圖重新站起來。

「咳咳咳……好了，你們快點回自己的座位吧……準、準備繼續上……」

話還沒說完，葛倫的身體又開始搖搖晃晃。

「……嗚……」

最後，葛倫整個人癱軟無力地倒在講台上。

「老師!?騙、騙人的吧!?」

「請、請振作一點啊！」

「葛倫!?葛倫！不要……不要……！快點睜開眼睛！」

見狀，西絲蒂娜、魯米亞、梨潔兒三人一時驚慌失措。面對這場突發的緊急事態，二班學生陷入一團騷動。

理所當然地，那一天的課程後來全部取消了。

健康狀況明顯不佳的葛倫在魯米亞的苦勸下，決定暫時請假在家休養身體。

「咳咳咳！混蛋！妳們在說什麼……！我怎麼可以在這個節骨眼請假休息……!?」

「真是的！身體狀況都那麼差了，一副好像快斷氣的模樣，還在逞什麼口舌之快！麻煩你更珍惜自己的身體一點！」

西絲蒂娜等人不由分說，硬是將不肯乖乖配合的葛倫推上馬車，直接送他回家。

——馬車啟程後。

「……進行得太順利啦！」

在搭乘馬車返家的路上。

看起來好端端的葛倫臉上得意地竊笑，擺出了勝利的手勢。

「嗚呼呼！見識到本大爺的精湛演技了嗎！看我裝病裝得多麼逼真啊!?」

……葛倫果然還是那個葛倫。

「哎呀，最近我都快忙翻了！這些日子以來，為了幫學生準備考試對策，害我睡眠不足，累積了一堆疲勞，身體狀況愈來愈差。這時候會想要偷懶一下，也是人之常情嘛！」

所以，葛倫使用了學院的天才魔導工學教授兼變態大師奧威爾・休薩幫忙製作的某項發明。

『裝病藥』。那是一種除了引發發熱、心悸、盜汗等跟感冒症狀非常類似的身體反應以外，沒有其他任何作用的無意義魔術藥。

「那個變態的發明偶爾也有派上用場的時候嘛……只要服下這個『裝病藥』再搭配我的演技，要騙過其他人簡直易如反掌！」

葛倫回想起剛才學生們擔心自己時，臉上不安而沉重的表情。當時恐怕沒有人懷疑葛倫是在裝病吧。

想到這裡，葛倫也不禁心生愧疚，不過……

「不、不管了！反、反正我是真的累到快昏倒了！稍、稍微偷懶一下並不過分吧!?」

為了這一天，葛倫之前比平常更用心上課，讓課程進度具有充分的緩衝空間，甚至早早就準備好了給學生自習用的作業。

所以就算兩、三天偷懶不去上課，應該也沒有大礙。

「好！難得放輕鬆，我要好好玩個痛快了——！」

在空間狹小的馬車內，葛倫就像個小孩子一樣歡欣鼓舞。

同一時刻，教室。

西絲蒂娜和魯米亞還有梨潔兒圍坐成一圈，做著葛倫指派的自習作業……

（……事情絕對不單純。）

解題的同時，西絲蒂娜露出狐疑的眼神心想。

（那個時候太過心慌意亂，所以沒注意到……事後冷靜想想，這其中一定有鬼……）

西絲蒂娜的眉心皺成了一團。

（上課上到一半，碰巧發生了老師請假也沒有影響的突發狀況……還不知為何事前便準備了三天份的自習作業……而且瑟希莉亞老師和阿爾佛聶亞教授又剛好結伴去帝都參加學會……這一切會不會太過湊巧了!?）

敏銳。

（真的會在這種時間點突然生病嗎!?我認識那傢伙也有一段時間了，所以隱約感覺得出來……這種時候肯定另有隱情！）

西絲蒂娜的直覺實在太敏銳了。

此外，西絲蒂娜想起了一件事——前幾天，她曾看到葛倫和奧威爾在走廊上鬼鬼祟祟不知道在談什麼事情。

那個時候，她依稀聽見兩人提到了『藥』、『裝病』、『引發疑似感冒的症狀』、『這件事要保密』等諸如此類的敏感字眼。

當時西絲蒂娜正好在忙，所以沒把這件事放在心上……不過，眼前這個狀況有太多吻合之處和間接證據，在在顯示它絕非偶然，因此西絲蒂娜確定了一件事。

（老師百分之百是為了偷懶在裝病！）

做出這個結論後，西絲蒂娜立刻怒火中燒。

（怎麼會有這麼可惡的傢伙!?我、我可是真心在擔心他耶！那時候我還緊張得差點哭出來，好不容易才忍住眼淚的……！）

「怎麼了？西絲蒂。」

「嗯。妳在生氣嗎？」

發現西絲蒂娜手中的羽毛筆愈握愈用力，魯米亞和梨潔兒不禁一臉納悶地問道，可是西絲蒂娜現在沒有心思理會她們。

（可惡，到底該拿老師怎麼辦……我猜他八成是跟休薩教授拿了類似『能引發疑似感冒症狀的藥』的東西，但是我手上沒有證據。他如果裝死到底，我也沒辦法……）

西絲蒂娜咬牙切齒，思索著該如何教訓那個不正經的懶鬼。

「對了……魯米亞！」

這時，西絲蒂娜努力裝出開朗的模樣向魯米亞說道：

「我忽然想到，因為阿爾佛聶亞教授出差的關係，所以家裡只剩老師一個人，對吧？」

「嗯，是這樣沒錯……怎麼了嗎？西絲蒂。」

「其實我有個點子……」

西絲蒂娜面露竊笑，做出了某個提議。

「天啊～～！不上班在家看小說實在太過癮了！瓊・西普斯的最新力作有很多我都還沒時間看哪！」

葛倫懶洋洋地坐在阿爾佛聶亞宅邸客廳裡的沙發，兩隻腳疊放在堆滿了大量小說的玻璃矮桌上，相當怡然自得。

「噢噢！噢噢噢！沒想到這個時候又多了一個新的女主角！那個一看就是剩女的女人竟然來這招？呀哈哈哈，幹得好，繼續這樣下去！」

葛倫一手捧著書本，一手拿起放在桌上的葡萄酒，倒在旁邊的玻璃杯裡。

然後，他一邊看書，一邊大口喝酒，並且用牙籤大口品嚐作為下酒菜的起司片。

「啊～～！太美味啦——————！大白天不用工作，喝起來的酒果然是人間極品哪！」

現在的葛倫儼然是廢人中的廢人。

「哇哈哈哈哈——————！裝病真的太讚了——————！……哎呀？」

然而，就在葛倫歌頌這個世界的美好時，他的身體突然不穩地晃了一下。

「……怎麼回事？今天好像醉得特別快哪？哎，畢竟這陣子真的很疲倦……而且好睏喔……」

葛倫沒把身體的不適放在心上，繼續喝酒看書。

這時——

鏗、鏗、鏗……有人用門環敲門的聲音，響徹了屋子。

「唉，搞什麼啊……難得可以在家休養，竟然挑這種時候上門……」

葛倫發著牢騷，喃喃唱咒發動望遠魔術確認訪客。

於是葛倫的視覺飛向遠方，鎖定了站在玄關前的人物。

「老師還醒著嗎？希望不要吵到他休息……」

「……放心啦，魯米亞。他肯定還醒著。」

「？西絲蒂娜，妳的表情好可怕。」

「——嗄!?為什麼那些傢伙會跑來這裡!?」

葛倫嚇得差點翻倒手上的酒杯。

站在門外的訪客，正是魯米亞、西絲蒂娜和梨潔兒三人組。

而且魯米亞和梨潔兒手上分別捧著鮮花和水果籃。

照這情況看來——

「她、她們難道是來探病的!?幹、幹嘛那麼雞婆——!?」

不妙。真的不妙。

阿爾佛聶亞家宅邸的門鎖使用的是魔術鎖。

葛倫知道瑟莉卡把解鎖咒文告訴了那三名少女的事。

就算假裝不在家，她們三個很有可能照樣會開門進來查看葛倫的情況——就在葛倫如此心想時——

「——《解鎖》。」

果不其然，西絲蒂娜無視一頭霧水地猛眨眼的魯米亞和梨潔兒，逕自打開了玄關口的門鎖。

（完、完蛋了——————————！要是被她們發現我在裝病，白貓肯定會宰了我！）

葛倫手忙腳亂地衝出客廳，盡可能地壓低腳步聲爬樓梯上樓，溜進了自己的房間。

為了以防萬一，葛倫從口袋掏出『裝病藥』的瓶子又喝了一口，然後跳到床上蓋上毯子。
葛倫心驚肉跳地躺在床上等著，不久，房外的走廊傳來了三名少女的動靜。
叩叩叩。
「那個……抱歉打擾了。老師你還醒著嗎？」
隨後，敲門聲輕輕地響起。
「咳！咳咳咳！啊、啊啊……我還醒著……」
葛倫先是不自然地咳嗽，然後裝出一副回答得很吃力的模樣。
確認葛倫還醒著後，三名少女開門現身在葛倫面前。
「原、原來妳們來啦……抱歉，我意識有些矇矓……沒有注意到是妳們……咳咳。」
葛倫（用演技表現出）一副很痛苦的樣子，慢吞吞地坐起身體說道。
「在老師身體不舒服的時候前來拜訪，真的很不好意思。」
「葛倫……你還好嗎？」
聽得出來魯米亞和梨潔兒都很擔心葛倫。
「呼……呼……坦白說，身體實在不是很舒服……妳們為什麼帶東西來，是來探病的嗎？真不好意思……妳們現在應該正忙著準備考試吧……咳咳！」
葛倫的演技逼真極了。

「唉，我也老了不中用了……在這種關鍵時刻，卻不能陪伴在妳們身旁……實在不配當老師……咳、咳咳……」

「不會啦，老師不要自責了。」

「嗯。葛倫……你先好好休息。」

魯米亞和梨潔兒完全沒有對葛倫起疑竇。

看來我應該可以挑戰當演員了……葛倫不禁浮現了這種愚蠢的念頭。

「……哎呀，謝謝妳們……人一旦臥病在床，就會心生不安、胡思亂想……妳們願意來看探病，我就很開心了……咳咳咳！」

葛倫繼續演了下去。

「……不過，妳們還是快點回去吧。要是把感冒傳染給妳們就不好了。」

然而——

「不，那怎麼行呢，老師。」

魯米亞開朗地說道。

「今天只有老師一個人在家，對吧？」

「對、對啊……瑟莉卡不在家。」

「所以我們採納了西絲蒂的提案，決定今天留下來照顧老師。請你放心養病吧。」

「……咦？」

沒想到事情會變成這樣，葛倫的臉都僵了。

（幹、幹嘛那麼雞婆啊——!?）

可是葛倫不能把心中的不滿寫在臉上。

「咳咳！咳咳！等、等一下……這樣不好啦……」

「不可以逞強喔。老師你生病一個人在家的話，誰來幫你準備三餐和照顧生活起居呢？不好好調養身體，本來治得好的病也會愈拖愈嚴重的。所以包在我們身上吧。」

「嗯！我也會努力照顧葛倫！幫助葛倫早日恢復健康！」

魯米亞和梨潔兒心懷純粹的善意，充滿了鬥志。

即便十分不願意，可是礙於當下的氣氛，葛倫實在無法狠心拒絕。

應該說，正因為葛倫捏造了「嚴重到病倒的重感冒」的設定，這時候如果拒絕她們的好意反而會顯得很不自然。

「嗚……嗚嗚……那、那麼……就麻煩妳們……吧……咳咳。」

「好的，放心交給我們吧。」

「嗯，包在我們身上。」

葛倫點頭答應後，魯米亞露出如花一般的燦爛笑容，梨潔兒則哼了一聲，得意地挺起胸膛。

（真、真是夠了……沒想到情況變得這麼棘手……）

葛倫忍不住嘆氣。

「欸，老師……」

這時，有別於充滿了幹勁的魯米亞和梨潔兒，表情看似有些冷峻的西絲蒂娜，用只有葛倫才聽得見的音量悄聲開口。

「怎、怎麼啦!?白貓！咳咳咳！」

葛倫注視著西絲蒂娜，覺得自己像坐等宣判的犯人。

「我有件事情想問你……在來你房間以前，我稍微看了客廳一眼……發現客廳亂七八糟耶。」

「咦!?有、有嗎!?」

葛倫作賊心虛地回答。

「有啊……我看到小說，還有沒喝完的酒……」

「什、什麼!?那、那應該是——對，是瑟莉卡！是瑟莉卡丟下的啦！那傢伙工作很忙，東西沒收拾就跑去出差了！」

葛倫回答得支支吾吾。

「哦？是這樣子嗎……原來阿爾佛聶亞教授也會看瓊・西普斯的小說啊？我記得教授曾經嗤之以鼻地說過，那只是低俗的大眾小說耶……」

「那、那是因為——那傢伙最近終於理解瓊・西普斯的厲害之處了啦!?有搞笑有戰鬥也有愛情喜劇要素，她看得讚不絕口呢！」

「哦？是這樣子嗎……還有，阿爾佛聶亞教授拔掉瓶塞後會把酒瓶丟到一旁嗎……她應該不是那種會糟蹋昂貴葡萄酒的人吧……？」

「這、這表示她趕時間趕到顧不了那麼多了吧!?」

「而且老師你明明臥病在床，卻依舊身穿講師服，沒有換上睡衣……」

「咳咳！咳咳咳咳!?嗚哇!?我發燒了——！好、好難受喔！」

葛倫裝模作樣地猛咳起來。

「老、老師!?對不起，我們聊得太久，給你造成負擔了！請你快點躺下吧！」

「葛倫！振作點！」

魯米亞和梨潔兒立刻擔心地關切咳到不能自已的葛倫。

然而——

「盯～～」

唯獨西絲蒂娜悻悻然地露出狐疑的眼神，彷彿在進行鑑定般，觀察著葛倫的模樣。

（真的會在這種節骨眼跑來探病嗎!?我認識白貓也有一段時間了，所以隱約感覺得出來……這傢伙肯定是在懷疑我裝病！）

葛倫假裝咳嗽，並瞄了西絲蒂娜一眼，他的眼神就像在看有不共戴天之仇的敵人。

那一瞬間……他有種西絲蒂娜在冷笑的感覺。

（可惡！好不容易才抓到機會可以不上班……！休想破壞我的好事——！）

（我一定要拆穿你！做好覺悟吧！）

葛倫和西絲蒂娜透過眼神，進行無需言語的激烈交戰……

「那、那麼……不好意思……拜託了，白貓……今天就麻煩妳們了……」

「當然了，沒問題！平時承蒙老師的關照，今天就換我們在病榻旁邊照顧老師吧，不用客氣！」

兩人互相握手，留下了感人的畫面——

如此這般。

葛倫接受了三名少女的看顧。

「老師，有任何需要請立刻呼叫我們喔。請你盡量吩咐吧。」

「嗯。葛倫。你好好休息。」

一邊是打從心裡擔心葛倫健康的魯米亞和梨潔兒。

「盯～～」

另一邊則是想要找出任何蛛絲馬跡的西絲蒂娜。

三人各懷一心，開始照料葛倫的生活起居。

（……饒了我吧。）

葛倫躺在床上嘆氣。

「…………」

過了一會兒後，現在只剩西絲蒂娜還留在葛倫的房間。

西絲蒂娜默默不語地幫忙打掃葛倫的臥房。

「……那個，白貓小姐。」

葛倫受不了凝重的沉默，戰戰兢兢地開口了。

「妳……會不會打掃得太久了？」

「……老師，你在說什麼呢。如果不打掃乾淨影響空氣品質，會延緩病情的恢復吧？」

西絲蒂娜一邊打掃，一邊在房間裡東張西望，探尋蛛絲馬跡。

她很明顯是在找什麼東西。

「不是啦……讓妳花這麼多時間，我會過意不去……」

「哦？難道老師的房間裡面藏了什麼不便讓我發現的東西嗎？」

「……怎、怎麼會呢？」

「這樣的話，我想打掃多久又有什麼關係。」

語畢，西絲蒂娜打開衣櫃開始整理裡面的衣服。

（這、這個臭丫頭！明顯是在找『裝病藥』！她想要抓到決定性的證據！）

這隻白貓的第六感也未免太敏銳了吧。

葛倫不禁被嚇出了一身冷汗——

——另一方面。

（一定有！類似『引發疑似感冒症狀的藥』的東西，肯定就藏在這房間的某個角落！）

怒沖沖的西絲蒂娜專心一志地翻箱倒櫃。

平常的她絕對不會做出如此失禮的事情，可是現在的她已經被怒氣蒙蔽了理智。

葛倫倒下時，她是真的發自內心擔心極了。她一度以為是自己平時給葛倫添了太大的負擔，才害他病倒。

雖然就西絲蒂娜目前所掌握到的資訊，葛倫也只能算是有裝病的嫌疑，無法斷定他一定就是裝病，可是因為情緒一下子從擔心轉變成憤怒，她已經徹底失去冷靜。

（哪裡？到底藏在什麼地方？我們是突襲式登門拜訪，他如果要隱藏證據，最有可能會藏在自己的臥房……我一定會把它找出來！）

西絲蒂娜火冒三丈地想著這種事情，同時繼續以打掃做掩護，在葛倫的房間東翻西找。

不久——

（……？）

西絲蒂娜發現書架上有某些書凸了出來，整個書架就只有那個部分的書，沒辦法完全塞進書櫃裡，看起來有些突兀。

（……這是什麼？）

西絲蒂娜直覺地伸手想要去拿那本書……

「Stooooooop！」

葛倫冷不防跳了起來，大聲嚷道。

「不、不要碰那個地方！」

看到葛倫意外的激烈反應，西絲蒂娜頓時有了把握。

（原來如此！就是這裡對吧!?他把藥藏在這裡！）

西絲蒂娜對葛倫的制止充耳不聞，一鼓作氣抽掉了那一帶的書。

接著她仔細一看，這書架似乎是兩層式設計，後面還有空間。
而且，西絲蒂娜發現那個不自然的縫隙裡，似乎藏了什麼東西。
（賓果！）
「住、住手！住手啊啊啊啊啊啊啊——!?拜託妳放過那個地方吧————————！」
葛倫急忙衝向西絲蒂娜所在的位置——可是為時已晚。
西絲蒂娜把手插進書架和書架之間的縫隙，一口氣抽出藏在那裡的東西——
「…………」
「…………」
——兩人之間瀰漫著一陣尷尬的沉默。
「……咦？」
西絲蒂娜愣住了。
她從夾層裡面抽出來的東西原來是一本雜誌。每一頁上面都大量刊載著身材姣好，身穿性感泳裝，並擺出妖豔姿勢的年輕女子照片。
雜誌名稱是『真夏俱樂部』。
不用說也看得出來，這是一本給大人看的情色大眾雜誌。
「……這、這是……」

西絲蒂娜的臉都綠了。

「不……所以說那個是……」

葛倫也僵著一張臉說道：

「其、其實也沒什麼大不了的吧!?我、我好歹也是身心健全的男性嘛!?房間裡收藏一、兩本那種書籍，又有什麼好奇怪的！」

明明西絲蒂娜也沒要求他解釋，葛倫卻眼神飄忽不定，開始用尖銳的聲音語無倫次地為自己辯解。

「應、應該這麼說啦，我覺得男性本來就該對那方面的事情有興趣才對！嗯！一旦對那種事情失去興致，就不配當男性了，對吧!?沒錯，所以說，我私藏了這種書籍，是一種男子氣概的表現——」

葛倫完全亂了套。

半晌。

「……我想問一個問題。」

原本陷入時間暫停狀態的西絲蒂娜，終於恢復了正常。

「噢、噢！隨便妳問！」

「出現在這本雜誌裡的女生……大家的胸部好像都很大喔……？」

「好、好像是耶！」

「老師你喜歡這種大胸部的女生嗎……？」

「當、當、當然了！」

葛倫已經心慌意亂到不清楚自己在說什麼了。

「巨、巨乳才是男人的浪漫，是這個世界的真理！不，我也可以理解『心愛女人的胸部才是最棒的』這套理想主義，也同意那是真理之一！不過，就算被人罵是基本教義主義者我也不在乎，既然我身為一個男人，對於女孩子的胸圍大小就無法輕易妥協！我知道這樣講對女性同胞很失禮，也覺得這樣很蠢，可是男性果然還是喜歡追求大的東西！本能就是喜歡大的！千真萬確，有生物學作為依據的事實！這就是我對近來被女性主義滲透，以至於無法暢所欲言的社會亟欲做出的強烈主張——！」

不知道是乾脆豁出去了，還是緊張到口不擇言，葛倫口沫橫飛地講出了一連串低級又意義不明的話——

「…………！」

西絲蒂娜悄悄以視線比較了自己和雜誌照片上的女生的胸部後，身體開始顫抖——

然後——

「笨、《笨蛋》——————————！」

「嗚呀啊啊啊啊啊啊啊啊啊啊啊啊啊啊啊啊啊——！」

西絲蒂娜含淚大聲唱咒，只見一陣狂風捲起了葛倫的身體，讓他撞破窗戶飛了出去——

「真是的，西絲蒂！妳這樣不行啦，老師身體不舒服耶？」

「可是……可是……！」

聽到騷動回房查看的魯米亞罕見地動怒，不由分說地把淚眼婆娑的西絲蒂娜拉走了。

「嗯。換我來照料葛倫。」

取而代之來到葛倫臥房的是梨潔兒。

「唉……是妳啊。」

「……嗯。」

梨潔兒只是安靜地坐在葛倫床邊的椅子上，目不轉睛地注視著葛倫的臉。

「…………」

「…………」

兩人一句話也沒說。

只聽得見壁鐘的指針移動時所發出的滴答聲響。

坦白說，即便如此，也比剛才西絲蒂娜在時輕鬆不知幾百倍。

「……好懷念啊。」

葛倫突然打破了沉默。

「我在帝國軍當軍人的時候……有一次妳發燒昏倒，是我負責照料妳的。沒想到我們現在立場顛倒了。」

「……嗯。那個時候葛倫有削水果給我吃。」

「對啊，我也記得有這回事。」

葛倫莞爾一笑。

（唉，雖然跟我期望的摸魚形式不太一樣，不過偶爾這樣，感覺也不賴哪……）

而且，不知怎的突然好想睡。

剛才小酌的葡萄酒，似乎比想像中更容易醉。

（感覺身體好重，稍微瞇一下也好……）

於是，當葛倫準備閉上眼睛進入夢鄉時——

「對了，葛倫。我來削水果給你吃。就像你以前為我做的那樣。」

梨潔兒靈機一動，如此說道。

「噢，妳願意削水果給我吃？但妳知道怎麼削嗎？」

「放心。我最擅長切東西了。」

洋洋得意地說道後，梨潔兒從擺在附近桌上的水果籃拿出蘋果，再用另一隻手拿起水果刀。

「好吧……那就麻煩妳了。妳要削得好吃一點喔？」

「嗯。看我的。」

兩人短暫交談後。

梨潔兒下刀削起了蘋果。

（想不到居然會有這一天哪……）

當年，即便葛倫守在病榻旁邊照顧梨潔兒，她的反應也是冷冰冰的，沒有一絲人味，簡直就跟人偶一樣……那樣的她如今卻反過來擔心葛倫、照顧葛倫。

因為葛倫自視是梨潔兒的大哥，此刻的他百感交集。

（……現在就放手讓她自己來吧……）

如此心想的葛倫閉上眼睛，沉浸在梨潔兒削蘋果時所發出的清脆聲響中。

唰唰唰……唰唰唰……嚓！

唰唰唰……唰唰唰……噗咻！

（……嗯？）

葛倫無意中發現。

梨潔兒用水果刀輕快地削著蘋果皮時，清脆的削皮聲中，偶爾會參雜比較低沉的聲響。

唰唰唰……嚓！

噗咻……滴答答答……

後來甚至傳出帶有一點黏性的液體滴落到地上的聲響……

（喂……等一下，為什麼削蘋果會發出那種聲音啊？）

葛倫全身汗如雨下。

睜開眼睛，快點睜開眼睛，確認一下梨潔兒在做什麼。

明明第六感提出了嚴正的警告，葛倫卻害怕得不敢睜開眼睛。

噗咻、噗咻，噗滋！

「……啊。」

（發、發生了什麼事!?那個「啊」是什麼意思!?為什麼要「啊」一聲!?）

好可怕，害怕歸害怕，可是……

「混蛋，隨便了啦！」

葛倫咬牙睜開眼睛，猛地挺起上半身，轉頭望向梨潔兒……

「嗯。削好了。」

與此同時，梨潔兒把手上的物體端到葛倫的面前。

那個物體原來是切得歪七扭八放在盤子上的蘋果——不過，問題不在於蘋果的形狀。
而是在蘋果的表皮明明已經削乾淨了，可是整體而言看起來依然是紅色的。
沒錯，那個蘋果上面沾滿了鮮血。
「呀————!?是、是鬧命案了嗎!?」
「葛倫……吃吧。」
只見看似沾沾自喜的梨潔兒右手拿著一把染血的水果刀，左手上面則爬滿無數的切痕，鮮血淋漓。
教人搞不清楚她剛才到底是在削蘋果還是在割腕自殘。
「我應該要好好監督的！」
葛倫抱頭哀號。
「欸，快點吃吧。」
「誰吃得下去啊笨蛋——!?別管蘋果了！快點讓我看妳的手到底怎麼了——！」
葛倫急忙幫梨潔兒那被刀子割得面目全非的左手消毒，並施放法醫咒文。
治療結束後，梨潔兒的看護工作依然前途多舛。
「葛倫。我拿冰囊袋過來了。幫你放在額頭退燒。」

葛倫累垮地癱在床上，梨潔兒勤快地把冰囊袋放在他的額頭上。

結果……

「噢噢，感覺好舒服喔……咕哇啊啊啊啊啊啊啊——！」

突然頭痛欲裂，葛倫忍不住撥掉額頭上的冰囊袋，整個人跳了起來。

「好冰！冰到痛死人了！那個冰囊袋裡到底裝了什麼鬼東西⁉」

葛倫摀著刺痛的額頭，淚眼汪汪地抗議。

「嗯。因為我希望葛倫快點退燒恢復精神……所以用鍊金術提煉空氣中的二氧化碳製作乾冰放進冰囊袋。怎麼樣？夠冰嗎？」

「混蛋！妳想殺了我嗎⁉」

葛倫一下子被梨潔兒害到差點凍傷——

啪！

「啊，體溫計破掉了。嗯……這個銀色液體是什麼？會閃閃發光的……好漂亮。」

「不、不要亂碰——！」

葛倫慌張地緊急拉住梨潔兒，阻止她伸手去摸摔破在地上的水銀體溫計——

雖然梨潔兒盡心盡力地想要提供葛倫完善的照顧，可是因為頻頻出包和惹麻煩，反而使葛倫的身心都更加疲勞。

偏偏她的所作所為都是基於純粹的善意，所以葛倫也不忍責備。

經過這一番折騰後——

「真是的，梨潔兒！妳這樣不行啦，老師身體不舒服耶？」

「唔……」

聽到騷動回房查看的魯米亞罕見地動怒，不由分說地把看起來有些難過的梨潔兒拉走了。

「好、好累……快要累死了……」

房間好不容易終於恢復平靜，葛倫精疲力盡地癱在床上。

或許是因為精神疲憊的關係，葛倫的心情也連帶地變得惡劣。

「真是的……唉唉，我只不過是想要摸魚而已，怎麼搞得這麼辛苦……」

過了一陣子，葛倫溜出房間上完廁所，打算直接返回自己的臥房。

途中，他發現廚房有人，好奇地一探究竟。

結果——

「～～♪」

只見魯米亞心情愉快地哼著歌，攪拌放在爐上熬煮的鍋子。

「……喔喔。」

葛倫不禁看著魯米亞的側臉看得出神。

魯米亞盤起了頭髮，套上了圍裙。那副模樣儼然是正值蜜月期的新婚妻子。

看到女生穿圍裙下廚做菜的模樣很難不動心，這或許是男生的天性吧？……當葛倫的腦海裡浮現起這種念頭時——

「啊，老師。」

發現葛倫躲在門後偷看，魯米亞臉上堆起了開心的微笑，以一種彷彿在斥責不聽話的小孩般的語氣說道：

「不可以亂跑喔。你要乖乖回到床上躺好才行啦。」

「啊、啊啊，抱歉。我去了一趟廁所。馬上就要回房了。」

「好的，接下來就交給我吧，請老師好好休息。」

葛倫老實地道歉後，魯米亞同樣回以爽朗的微笑。

不知為何感到有些害臊的葛倫抓了抓頭說道：

「呃，對了……妳在煮什麼東西？晚餐嗎？」

「不是的……我在調製藥物。」

「藥？難道是要給我吃的嗎？」

「對。我剛好知道強效感冒藥的調製方法。」

這樣啊，原來那一鍋不是料理，而是藥物嗎？

即便如此，看到魯米亞這般可愛的女孩為自己犧牲奉獻的模樣，還是很令人開心。

葛倫不禁眉開眼笑，這時——

「……嗯？」

葛倫赫然發現。

擺放在那個鍋子旁邊的東西是……

顏色一看就知道有毒的菇類……不知來自何種生物的骨頭……看似蜈蚣的昆蟲……表情痛苦的人面石……

魯米亞使用的盡是一些詭異陰森，充滿了邪惡氣息的材料，一點都不正常。

「那、那個……魯米亞小姐？請問那是什麼藥……？」

「是的。其實根據我的判斷，老師你得了難以治療的重病……所以我特別調製了王室秘傳……母親親自傳授給我的秘藥。」

魯米亞天真無邪地笑著說道。

然後，魯米亞面帶笑容，手拿鐵錘鏗鏗作響地敲打謎之人面石。人面石頓時「喔喔喔」地發出痛苦呻吟並且流下淚水。

接著，魯米亞把敲碎的人面石毫不留情地通通丟進鍋子裡。

「…………」

葛倫定睛一瞧，發現在鍋子裡煮得冒泡的汙濁液體，呈現出難以形容的奇妙顏色。

（這是什麼巫婆的魔鍋嗎!?）

而且，廚房裡瀰漫著從鍋子飄出的怪煙與刺鼻氣味，在鍋子附近飛來飛去的蟲子，全被那股刺鼻氣味和怪煙熏到地上。

「呃……那是要煮給我喝的嗎？」

「沒錯。只要喝下這鍋藥水好好休息，很快就能痊癒了喔？」

魯米亞掛在臉上的笑容十分溫柔婉約、天真無邪。

「啊，不……其實……我的感冒也沒有那麼嚴重啦……」

葛倫漸漸面無血色，支支吾吾地想要婉拒魯米亞的好意。

『嘰呀——————!?』

這時，突然有好幾隻謎之觸手，隨著怪叫聲從鍋子裡面伸了出來。

「咿咿咿咿咿咿咿咿——————!?」

『嘰呀！嘰呀——————！』

「啊，這樣不行喔。真是的……乖一點啦。」

魯米亞笑嘻嘻地拿起勺子，若無其事地把發出哀號的觸手用力壓回鍋子裡。

不久。

或許是無力再掙扎了，謎之觸手通通都沉入鍋底。

「那個……魯米亞小姐？」

「是的。」

「剛才是不是有觸手跑出來？」

「是的，有觸手跑出來了呢。」

「……那、那些觸手好像拚命扭來扭去的樣子？」

「是的，一直扭來扭去的。」

魯米亞一臉疑惑地看著葛倫。

從她的表情中，實在看不出她有任何惡意與害人之心。

（不會吧……我本來以為魯米亞是三人組裡面最安全無害的，居然被打臉了……！）

葛倫鐵青著臉呆站在原地。

「好，大功告成了。嗯，品質很不錯。」

不久，魯米亞笑嘻嘻地如此宣告，把鍋子上層的清澈液體注入玻璃餵藥杯裡面。

「好了，老師。請喝。」

「……嗚。」

魯米亞親手把餵藥杯交給葛倫，裝在裡面的藥水（烈藥？），果然是一種既不能說是紫色，也不是茶色的奇特顏色。

「呃，一定要現場喝才行嗎？」

其實葛倫是想拿去廁所倒掉。

然而……

「一定要現在就喝。這個藥剛煮好的時候效果最明顯。請老師當場把它喝完吧。」

「…………」

這下子插翅難飛了。

（怎、怎麼辦!?看來只能先作勢喝下，再不小心打翻，最後用道歉蒙混過關！）

葛倫流了滿頭大汗，兩眼發直地盯著那個餵藥杯。

但是——

「那個，或許我有點太多管閒事了……可是我真的很希望老師能早日康復，所以在調製這鍋藥時，灌注了滿滿的愛情喔~呵呵，逗你的啦♪」

魯米亞俏皮地說道，掛在她臉上的笑容卻有些靦腆。

「這鍋藥的材料花光了我這個月的零用錢……可是，畢竟是為了幫助老師，我一點都不後悔。所以老師你要快點痊癒喔？」

少女笑著說出了如此體貼的話，你狠得下心背叛這樣的她嗎？你有勇氣把少女的善意踩在地上踐踏嗎？

——不。答案當然是不。

是男人，就不該那麼做。

「謝、謝謝妳啊！魯米亞！」

葛倫淌下了男人的眼淚。

他已經做好了赴死的覺悟。

（可惡，睜大眼睛看好了！這就是身為男人……葛倫我所秉持的人生態度啊啊啊啊啊啊啊啊啊啊啊——！）

葛倫端起餵藥杯，一鼓作氣把裡面的藥通通灌進嘴巴裡——

——後來。

「受、受不了了……感覺好不舒服……身體沒力了……」

葛倫氣若游絲地躺臥在床上。

魯米亞調製的藥除了苦以外，喝起來其實並沒有特別噁心的地方。
問題是，喝下那個藥水後沒多久，葛倫便開始覺得身體愈來愈不舒服。
不僅變得沉重，甚至開始打起寒顫。
看來那種藥果然如外觀所見，是某種毒藥吧。
「可惡……難道這是天譴嗎？早知如此我就不要摸魚了……」
葛倫獨自一人病懨懨地發著牢騷。這時——
「……打擾了。」
喀嚓。
一名少女開門進入葛倫的房間。
「嗄!?白貓!?」
「那個反應是什麼意思啊……？」
西絲蒂娜一臉不是滋味。
「剛才魯米亞和梨潔兒出門去採買晚餐的材料了。」
「是、是嗎……」
「所以我打算趁晚餐準備好以前，先來幫老師擦洗身體。」
仔細一瞧，西絲蒂娜手上提著裝了熱水的水桶和毛巾。

「……咦？不、不用那麼麻煩啦。」

「不可以。生病的時候尤其需要注重身體的清潔。還是說……」

西絲蒂娜凶巴巴地瞪了葛倫一眼。

「老師……你該不會根本沒有生病吧？」

「……嗚。咳、咳咳！少胡說八道了！妳根本不瞭解我的痛苦。」

葛倫連忙當著西絲蒂娜的面咳了幾聲。

「說得也是。我只是開玩笑的。所以讓我幫老師擦澡吧。」

西絲蒂娜笑得開懷。

照這狀況看來，除了任西絲蒂娜擺布以外，也沒其他辦法了。

（嘖……好吧……）

葛倫硬著頭皮脫起了衣服。

（我把整間屋子都翻箱倒櫃找過一遍了，還是沒找到疑似裝病藥的東西……所以老師肯定是隨身攜帶！只剩這個可能了！）

西絲蒂娜露出狐疑的眼神，打量著不情不願地脫到只剩褲子的葛倫思忖。

（魯米亞出門了，現在正是大好機會！我一定要揭開真相……！竟敢消費我的同情心，我一定要讓你為自己的罪惡付出代價……！）

西絲蒂娜依然怒氣沖沖。

「……那個，白貓……我的襯衫有什麼問題嗎？」

拿著葛倫脫下的襯衫仔細檢查每一個角落的西絲蒂娜，猛然回神。

「不……沒有啊。那麼，我要開始擦澡了。」

「噢、噢……」

在略顯尷尬的氣氛下，西絲蒂娜用浸泡過熱水的毛巾，幫葛倫擦洗身體。

手臂、肩膀、背部……

…………

（……咦、咦？我是不是太過衝動，結果做出了某種相當大膽的事情呀？）

擦拭著葛倫的身體，西絲蒂娜也逐漸恢復了冷淨。

一抬起頭，葛倫赤裸的上半身就近在眼前。身材精瘦的他練就了一身恰到好處的肌肉，不見一絲累贅。儘管佈滿累累疤痕，可是葛倫的身體依舊如古代雕像一樣體態均衡。

面對如此健美的背部，西絲蒂娜不禁臉頰發燙，腦袋咻地一聲瞬間沸騰。心臟噗通噗通地劇烈狂跳，感覺好像快炸開了。

（不對！不是這樣的！我這麼做單純只是為了揭露老師偷雞摸狗的惡行，絕對不帶任何不良意圖！）

西絲蒂娜已經徹底失去了某一種層面上的冷靜。

（沒錯！老師肯定是把藥藏在身上的某個地方！我、我一定要把那個藥找出來！）

於是——

西絲蒂娜以格外慎重的動作，緩慢且仔細地不停擦洗葛倫的身體……

「…………」

總覺得自己好像在跟學生做什麼見不得人的事情，葛倫也尷尬地陷入沉默。

不久，西絲蒂娜總算擦完葛倫的上半身，開口說道：

「那、那麼，接下來換下半身了！老師，麻煩你把褲子脫掉！」

「什麼!?」

葛倫錯愕地回過頭。

只見西絲蒂娜整張臉都紅了，一雙眼睛彷彿變成渾沌的漩渦，怎麼看都不像處在正常的精神狀態。

「白貓，妳在說什麼啊!?」

「不、不要讓我重複說那麼多遍！這、這麼做都是為了老師！」

西絲蒂娜二話不說襲向葛倫的腰，試圖抽掉褲子上的皮帶。

啪！

葛倫一把抓住了她的手。

「慢著！脫褲子真的太超過了……！冷靜一點……！」

「你的反應……看樣子果然……！」

這一瞬間，西絲蒂娜肯定了自己的猜測。

「裝病藥就藏在褲子裡對吧……!?」

「……嗚!?」

葛倫心頭一驚。

「把藥交出來！快點把褲子脫掉！」

已經失去冷靜的西絲蒂娜伸手去扯葛倫的褲頭。

「嗄啊啊啊啊啊啊啊啊——！跟藥沒有關係！好吧，也不能說完全沒有關係，可是重點不在那！妳知道現在這畫面看起來有多麼不堪入目嗎!?妳和我可是師生的關係耶!?」

葛倫拚命不讓西絲蒂娜得逞。

按理說，這兩個人如果要比力氣，西絲蒂娜不可能是葛倫的對手，然而……

（嗚……使、使不上力!?）

葛倫現在卻居於劣勢。

（對、對了，自從喝了魯米亞調製的詭異藥水後，身體就變得不太對勁……！）

就在葛倫分析可能的原因時，他漸漸被西絲蒂娜那雙纖細的手臂壓制，眼看褲子就快被脫了下來。

「住——手——啊——！」

啪！

千鈞一髮之際，葛倫甩開了西絲蒂娜，從床上跳下來和她保持安全距離。

「呼……呼……呼……咳咳咳！……咳！」

「哦？事到如今還在演戲嗎？……也太厚顏無恥了吧！」

「我、我認輸！是我輸了！所以妳可以先冷靜一點嗎!?有話好好說……咳！咳咳！」

「所以說，你不用再裝病了！還在裝傻嗎!?真的是學不到教訓！好了，快點把褲子脫下來吧！」

近距離和赤著上身的葛倫進行緊密的肢體接觸，這一切都讓還只是年輕少女的西絲蒂娜失去冷靜的判斷能力。

現在的她也只能面紅耳赤，做出如蒸汽火車爆衝般的失控行為，試圖掩飾情緒。

「不，我沒有裝傻啊!?只是突然就……咳咳！咳咳！奇、奇怪？」

「既、既然你不肯乖乖就範！《強大的風啊》——！」

西絲蒂娜一如既往，施放了攻擊咒文想要懲罰葛倫。

「喔哇啊啊啊啊啊啊啊啊啊啊啊啊啊啊啊啊啊啊啊啊啊啊——！」

葛倫往旁邊一跳，勉強閃過攻擊。那股衝擊使他的臥房陷入半毀的狀態。

「救、救命啊啊啊啊啊！」

「啊，不要跑！」

葛倫手忙腳亂地衝出房間，西絲蒂娜立刻追上前。

「你別以為溜得掉，老師！《強大的風啊》！《強大的風啊》！《強大的風啊》——！」

西絲蒂娜不斷向落荒而逃的葛倫發動攻擊咒文，緊追著他不放。

被追趕的葛倫，只能專心一志地在屋內四處閃躲——

受到咒文流彈的波及，屋子的內部裝潢漸漸被毀得面目全非。

「嘎啊啊啊啊啊啊——！混帳——!?為什麼事情會變成這樣啊啊啊啊啊——!?」

本來不應該是這樣子的。

自己只是因為有點累，所以想要摸一下魚而已。

葛倫拚命閃躲自後方席捲而來的亂舞狂風，哭喊得呼天搶地。這時——

噗通。

「奇、奇怪……？」

原本想要拐彎切入轉角的葛倫突然兩腿發軟，過彎不及，整個人趴倒在地。

「咳咳……咳……我、我的身體……到底怎麼了？」

即便想要爬起來身體也不聽使喚。呼吸困難。頭痛欲裂。

「哼，終於束手就擒了嗎！我逮到你了！……老師？」

追上前來的西絲蒂娜也察覺葛倫的樣子不太對勁。

「嗚……咳咳咳！咳咳！我怎麼了？突、突然覺得好冷……？」

只見葛倫面色鐵青，抱著肩膀頻頻發抖。

跟上午裝病時的演技相比，模樣和性質完全不一樣。

葛倫看起來好像真的非常痛苦。

「老、老師？別再開玩笑了……」

焦慮不已的西絲蒂娜伸手觸碰了葛倫的身體。

結果，他的身體燙得非比尋常。

「怎、怎麼會燙成這樣!?老師，你該不會知道自己難逃一劫，又吃了更多的裝病藥吧……!?」

「我、我沒有……這次是真的……不一樣……不知道為什麼突然就……嗚、咕……」

然後——

葛倫宛如斷線的人偶，虛弱地倒下了。

「老、老師!?老師!?振、振作一點啊!?」

葛倫不敵高燒的侵襲，意識很快地沉入了黑暗之中。

後來——

「真是的，西絲蒂！妳這樣不行啦，老師是真的身體不舒服耶？」

「嗚……對不起……」

很少動怒的魯米亞向淚眼汪汪的西絲蒂娜說教。

「沒、沒想到……我居然真的感冒了……」

葛倫口中唸唸有詞，躺在床上休息的他不只蓋上厚厚的毯子，額頭上也放了一包冰囊袋，嘴裡還含著體溫計。

「葛倫，要撐下去……」

一臉沒睡飽的梨潔兒有些擔心地盯著葛倫的臉。

「啊哈哈……今年的流行性感冒好像有點難纏呢。」

魯米亞削著蘋果皮如此說道。

「染病初期並沒有太明顯的自覺症狀。不過根據脈搏和喉嚨的狀況，以及出現在眼睛的獨特症狀，還是看得出來是否染病，所以我覺得就如老師的意讓你回家休息比較好，才會……」

「搞、搞了半天，原來這一切早在魯米亞的掌握之中了嗎……敗、敗給妳了，咳咳！」

葛倫不禁病懨懨地苦笑。

「既然如此，魯米亞妳調製的那個藥水是……？」

「嗯，那是專門治療這個流行性感冒的特效藥。只要喝下它好好休息，一定很快就能康復的。」

換句話說，葛倫不是因為喝下魯米亞的藥水才身體不舒服……而是原本就真的染病了。

「好吧，整體而言是我不對……話雖如此，白貓妳這次到底是怎麼回事啊……？」

葛倫悻悻然地向坐在床邊椅子上，顯得意志消沉的西絲蒂娜抱怨。

「就算要懲罰我，這次也做得太過火了吧？一點也不像妳。」

聞言。

西絲蒂娜沉默了好一段時間，最後才認命地開口說道：

「有、有一部分是因為覺得自己的好心被老師辜負了……還有就是……該怎麼說呢……」

「……什麼該怎麼說？」

「我沒辦法接受老師為了想摸魚就把我們棄之不顧……這、這樣讓我覺得很寂寞！」

語畢。

西絲蒂娜氣呼呼地別過頭去。

「我、我也知道老師為了我們，常常忙到焦頭爛額，身體都快吃不消了！可是，老師只要老實告訴我們你想休息，我們也可以體諒呀……！根本不需要做出那種像是在欺騙我們的事……」

聽了西絲蒂娜的自白後。

葛倫長長地嘆了一口氣。

「……是我錯了。」

葛倫把手輕輕放在西絲蒂娜的頭上說道。

「是我太不成熟，或者說太狡猾了……我保證不會再犯。這樣可以嗎？」

「啊……好吧……」

點頭答應的西絲蒂娜臉頰泛著紅暈，葛倫則是露出苦笑。

看到兩人終於握手言和，魯米亞不禁莞爾，梨潔兒也微微勾起嘴角。

正當現場一片祥和，氣氛溫馨的時候——

磅！

房門毫無預警地被猛然打開，一名女性出現在房門外頭。

「葛～～倫～～～！」

那個人就是一身旅者風格裝扮的瑟莉卡。

她似乎是早早結束出差，回到了菲傑德。

「嗄!?瑟莉卡!?」

「你這孩子連看家這麼簡單的工作也做不好嗎？我的屋子變得亂七八糟的耶，你要不要解釋一下……？」

「啊。」

瑟莉卡的語氣聽起來平靜，臉上卻掛著猙獰且充滿壓迫感的笑容。

葛倫和西絲蒂娜這才想到。

剛才兩人在屋子裡你追我跑時，不小心把屋子也納入了攻擊範圍，現在屋內被破壞得儼然像是廢墟。

「你到底是怎麼玩的，才有辦法把屋子破壞成這樣……？哈哈哈……」

「等、等一下，瑟莉卡！」

「教授，請聽我解釋！那是因為——」

「閉嘴，廢話少說！乖乖接受懲罰吧——————！」

瑟莉卡鎖定葛倫開始唱咒——

「救命啊啊啊啊啊啊啊啊啊啊啊啊啊啊啊——！」

葛倫從床上彈了起來，衝破窗戶逃往室外。

「給我站住！你這愛搗蛋的小鬼！」

瑟莉卡立刻動身追擊。

「等、等一下，教授！那是因為我——」

西絲蒂娜還來不及解釋。

砰轟轟轟轟轟轟轟轟！

一場驚天動地的捉迷藏在阿爾佛聶亞家展開了。

「不要跑————！葛倫——！」

「嗚喔喔喔喔——！我以後再也不敢裝病了————！」

葛倫慘痛不已的慟哭聲，響徹了菲傑德的平靜天空——

魔導偵探羅莎莉的事件簿　無謀篇

The Case Files of Magic Detective Rosalie

Memory records of bastard magic instructor

不正經的魔術講師與追想日誌

Memory records of bastard magic instructor

「什麼？妳這次接到了調查婚外情的案子～～？」

「沒錯，就是這麼一回事！」

放學後的魔術學院籠罩在刺眼的夕陽紅光下，遠方的鳥鳴聲突顯了傍晚的寧靜。

葛倫嘆著氣，跟著瀟灑地走在前方的少女移動。

這名少女有著被夕陽照得紅通通的紅茶色長髮、琉璃色的雙眸，纖細的肩膀上還披著看起來非常高級的長大衣。她叫做羅莎莉・狄德多。

她是葛倫就讀魔術學院時的學妹，目前在菲傑德經營偵探事務所的三流魔導偵探。

自從葛倫幫忙羅莎莉處理了某起事件後，羅莎莉便定期跑來找葛倫訴苦，葛倫也會幫她一起解決超出她能力範圍的委託或事件。

這次也不脫以往的模式。

其實，葛倫可以以『不要再拖我下水』為由跟她劃清界線，不過，充當她的助手的話，長年口袋空空的葛倫好歹能賺到一筆臨時收入，重點是──

『嗚哇啊啊啊！拜託你嘛，學長！我只剩學長可以依靠了！少了學長的話，我會活不下去的（因為賺不到生活費）！嗚嗚嗚嗚嗚嗚嗚！』

救。

——因此，葛倫實在不忍心，對這個動不動就跪在他面前嚎啕大哭的沒出息學妹見死不救。

而且，幫助這個學妹收拾爛攤子，會令葛倫想起在那段不堪回首的學生時代中，少數的美好回憶，令他覺得有點懷念……

葛倫和羅莎莉兩人之間，已經結下了不解的孽緣。

（唉，我也太心軟了。）

羅莎莉對葛倫的心情一無所知，笑嘻嘻地說明著她這次所接下的委託內容。

「其實這次的案子是某個身分高貴的婦人委託我的……她懷疑丈夫有外遇，希望我能幫忙找出證據！」

葛倫一答應幫忙，羅莎莉立刻笑得合不攏嘴地說明道。

「哦～？婚外情調查嗎？具體而言，妳打算怎麼做？」

對這案子提不起勁的葛倫語帶不滿地問道。

「委託人的丈夫掩飾得很好，幾乎沒留下任何把柄。不過，他的外遇對象好像有把一塊原石切成兩半，製作成兩枚對戒，並將其中一枚送給他，而他把那枚戒指珍藏在自己的房間裡。看來我們唯一的破口就是這個了！」

「對戒？就是那種兩枚湊成一對的戒指？那也太老派了吧……」

「是的！而且委託人已經不動聲色地扣押住那個外遇對象所持有的戒指了！」

「女人真可怕。總之，換句話說……」

「沒錯！接下來只要找到委託人丈夫所有的另一枚戒指，破案只是時間的問題！用一顆原石製作兩枚戒指，說不是別有居心，我才不信！而且只要使用魔術，就能輕鬆證明兩枚戒指是由同一顆原石製作而成，也能追查出是在哪一間店製作的，以及賣給了誰。」

「而那些資料將成為證實丈夫在外面偷吃的鐵證。」

「沒錯！所以我有幾件事想請學長這個優秀助手幫忙，首先是請學長潛入那個丈夫所居住的屋子，第二是找出那枚戒指並且將它偷走，第三是利用魔術證明兩枚戒指是透過同一顆原石製作而成的——就是這麼簡單！」

羅莎莉面露盛夏豔陽般的燦笑，厚顏無恥地提出了要求——

「幾乎是把全部的工作都丟給我了嘛——！」

我轉我轉我轉我轉我轉——！

葛倫用拳頭夾住羅莎莉兩邊的太陽穴，毫不留情地用力轉動。

「痛痛痛痛痛，對不起！可是潛入民宅和使用鑑定證明魔術實在太難了，我根本做不到啊啊啊啊——!?拜託學長幫幫忙嘛——！」

「什麼都不會，也敢自稱魔導偵探!?妳還是給我滾回老家去吧！」

是的，這個羅莎莉在魔術領域上是實力比葛倫還差勁，完全沒有才能可言的劣等生，擔任魔導偵探所必備的魔術技能，她幾乎一竅不通。

然而，她卻因為以前解決過的事件，名聲水漲船高，吸引了許多人上門委託各式各樣的案件，可以說專門在給葛倫製造麻煩。

「可、可是，我很擅長靈擺探測術喔!?所以大街小巷瘋傳委託我找寵物或遺失物品的話，百分之百都能解決呢——」

「既然如此，妳就專接遺失案件養活自己啊！不要拿魔導偵探這個頭銜招搖撞騙！」

「我不要我不要！我就是要成為像夏爾一樣的魔導偵探！」

附帶一提，『夏爾』是羅莎莉所崇拜的魔導偵探小說主角。

「夠了！私闖民宅耶，那種和犯罪沒兩樣的委託，我才不要當妳的共犯！我要回家了！妳最好也推掉那麼危險的案子！」

「怎、怎麼這樣～～！」

葛倫二話不說掉頭離去，不死心地抱著他大腿的羅莎莉被一路拖行。

「已經無法回頭了！因為我已經收了大筆的訂金了啊～～！」

「把錢退回去不就得了!?」

「訂金已經被我花光了！」

羅莎莉理直氣壯地說道。

「你看這把劍！」

她驕傲地拔出掛在腰上的細劍給葛倫看。

「有道是一流的人就要追求一流的事物！這把劍屬於佛列斯庫里斯系列！這把深受夏爾喜愛的細劍，乃是某個魔術劍匠世世代代鍛造精煉的破邪靈劍，它是一把不管是幽靈或殭屍，就連魔術也能輕鬆斬斷的稀世名劍！有了它，我就離知名魔導偵探夏爾更近一步了──」

「妳這窮酸的三流貨色不要為了模仿偶像，就把錢砸在那種妳根本用不上的高級武器上好嗎!?」

「嗚呀啊啊啊啊啊啊──!?」

葛倫向一臉沾沾自喜的羅莎莉，使出摔角招式眼鏡蛇纏身固定。

「全部都是妳自作自受嘛!?自己想辦法解決吧！」

「拜託不要提出那種不講理的要求嘛，學長～！要潛入的屋子就在不遠處！都已經來到這裡了，幫個忙嘛！」

「誰管妳──」

或許在葛倫忍不住往羅莎莉手指的方向望去的那一刻，就註定他要倒大楣了。

「……咦？」

映入他眼簾的那一幢貴族豪宅十分眼熟。

那是席貝爾家。葛倫的學生西絲蒂娜所住的地方。

「…………」

「學長，怎麼了？為什麼突然愣住不動？」

看到葛倫全身大汗淋漓，傻眼地愣在原地一動也不動，羅莎莉露出納悶的模樣。

「我說啊，羅莎莉……那個委託人和在外面耍風流的丈夫分別叫什麼名字？」

「呼……基於保密義務，本來是不可以說的，不過學長是我的助手，我們一心同體！看在你哀求我的份上，我是可以勉為其難告訴你啦——」

「別賣關子了，快點說。」（用力踩。）

「好痛!?不要踩我的腳啦!?委、委託人是菲莉亞娜・席貝爾女士！至於那個拈花惹草不知檢點的丈夫則是雷納多・席貝爾先生——！」

菲莉亞娜和雷納多。

西絲蒂娜的父母就是叫這名字——

「不會吧————!?」

葛倫的大叫響徹雲霄——

——當天晚上。

葛倫利用他那卓越的魔術知識，設法騙過席貝爾家宅邸四周佈署的防盜結界，成功地帶著羅莎莉一同侵入席貝爾家的腹地範圍。

兩人翻過鐵柵欄，在豪宅的後院著地。黑暗中，依然可以看得出經過庭院妖精仔細修整的庭園景色，十分高雅脫俗。

葛倫和羅莎莉鑽進後院角落的樹叢，小心翼翼地觀察著燈火通明的豪宅。

「目前為止很順利。目前為止。」

「嗯。今天菲莉亞娜女士和雷納多先生都出門工作了，聽說明天才會回來。雷納多先生似乎也依稀察覺妻子懷疑他有外遇，恐怕戒指明天就會被他處理掉了。換句話說，今晚是溜進去偷走戒指的最後機會。只不過，他們倆的三個女兒……呃，也就是學長的學生好像都在家……」

先前葛倫和羅莎莉已經互相交換了彼此的情報，羅莎莉如今已知曉葛倫和這戶家庭的關係，沉痛地說道。

「啊啊，我知道。可惡，真傷腦筋……」

邊說邊觀察豪宅的葛倫，今晚已經不知嘆了幾次氣。

西絲蒂娜、魯米亞和梨潔兒，現在應該在那間屋子裡面如常生活。

葛倫必須在不被她們三人發現的情況下溜進雷納多的書房，偷走做為證據用的戒指。

「不過，學長……你怎麼會突然回心轉意想幫忙呢？」

葛倫沉默不語。

被問到這個問題，葛倫想起了在雷納多和菲莉亞娜的關愛下幸福長大的西絲蒂娜、魯米亞和梨潔兒……他們之間無可取代的家人情誼。

雷納多外遇的事實一旦曝光，這樣幸福和樂的現況肯定會破碎吧。

（坦白說，我實在無法相信那個溺愛老婆的雷納多先生會在外面偷情……）

就算確有其事，或許可以藉著羅莎莉帶著委託來求助的機會，私下處理掉這場外遇事件。如此一來，說不定就能守護住西絲蒂娜她們的安穩日常。

想到這裡，葛倫實在無法對這個案子視而不見。

「唉，真受不了！」

為了保護三名少女的安定生活，葛倫絕對不能讓她們發現自己正在進行外遇調查。因此，他不可能以訪客身分堂而皇之地進門搜索屋子，到頭來還是只能偷偷溜進去，再悄悄達成目的。

「『有勇無謀』的任務……可是也只能硬著頭皮幹下去了！羅莎莉，我們出發吧！」

「是、是的！學長！麻煩你了！」

葛倫和羅莎莉做好覺悟，終於展開行動──

首先，葛倫詠唱黑魔【重力控制】減輕他和羅莎莉的體重，在夜色的掩護下，輕飄飄地跳上了豪宅二樓的露臺。

接著他詠唱了白魔【精神念力】，以念動力從內側開啟窗戶的鎖，成功入侵黑漆漆的房間內。他一邊調查環境，一邊鑽進房間內的暖爐，身手矯健地從磚瓦煙囪往上爬，來到了閣樓。

葛倫仰賴在指尖上的黑魔【火炬之光】的光源，在被樑柱和牆壁切割得複雜狹小的黑暗空間裡匍匐前進。

「嗚嗚……我心愛的衣服都被煤炭和灰塵弄髒了……呼……呼……」

跟在後面匍匐前進的羅莎莉氣喘如牛地呻吟著。光是要跟緊來去自如地在屋內移動的葛倫，就讓她累得半死。

「吵死了，妳這累贅給我閉嘴。廢話少說，跟緊我就對了……唉。」

按理說，丟下她這種包袱自己前進才是正確的。

但是，只有羅莎莉看過委託人展示過的對戒，知道它長什麼樣子。要是她不在場，葛倫就算成功入侵取得戒指，也無法當場判斷自己是否偷對了東西。

這是葛倫所碰過最令他懊惱的一場苦戰。

「話說回來，學長你對潛入好像很熟呢……學長你是最近才當上教師的吧？之前都在做什麼啊？該不會是在當小偷吧……？」

「閉嘴，打妳喔。比起管我以前做什麼，我們現在的狀況才是妳該關注的吧？這間大得要死的屋子雖然是我學生的家，可是我幾乎不曾來訪問。我當然對這間屋子的格局一無所知，也完全不知道雷納多先生的書房在哪。只能碰運氣一間一間慢慢找了，妳最好做好心理準備。」

「不會吧～這間屋子到底有多少房間啊……」

於是，葛倫和羅莎莉以匍匐前進的方式在複雜如迷宮的閣樓內，來回移動了好一段時間。

不久，兩人在相當深處的位置碰到了另一根貫穿閣樓的煙囪。這表示下面也有暖爐。

「看來下面是起居用的房間了。」

當然，也有可能是兩人的目的地──雷納多的書房。

「《接受我的召喚吧・擁有靈敏的嗅覺・身軀嬌小的盟友啊》。」

葛倫壓低音量詠唱了召喚【引類呼朋】，找來了一隻小老鼠使魔當幫手。

「啊！學長你是想透過和使魔共有視覺和聽覺的方式，調查樓下的狀況吧!?」

「對啦。雖然這使魔其貌不揚，不過這種時候能發揮很大的用處。」

「欸，學長，也讓我共享那個使魔的感覺嘛！學長應該很快就能設定好了吧？」

「唉，真拿妳沒辦法……」

這時候如果拒絕她，讓她繼續死纏爛打，也只是給自己製造麻煩。葛倫簡短地詠唱了追加咒文節，讓羅莎莉也能共享使魔的視覺和聽覺。

接著，為了避免發出噪音，葛倫小心翼翼地開啟了煙囪旁邊的掃除用鐵門，讓老鼠使魔從門間的縫隙溜進去。

老鼠使魔遵從葛倫的指令，輕快地沿著煙囪往下爬，然後從暖爐探出半張臉觀察房間內部的狀況。

因為和使魔共享視覺，所以使魔所看到的房間景象，也映入了葛倫和羅莎莉眼中。

葛倫他們首先看到的是朦朧地照耀著昏暗房間的燈光。四邊的牆壁擺放的都是書架。

只見房內有一名少女安靜地坐在書桌前，一語不發地拿著羽毛筆書寫，書桌上堆滿了隨時都有可能傾倒的大量書籍，將她包圍在其中。

「白貓？」

沒錯，那名少女正是西絲蒂娜。看來這裡似乎是她的房間。

「唔，原來是這間豪宅的千金的房間啊……我們猜錯了。」

羅莎莉遺憾地嘟囔著，不過她的聲音沒有傳入葛倫耳裡。

因為，這時候的葛倫正情不自禁地定睛注視著西絲蒂娜的臉……正確來說，他是被她的臉龐吸引住了。

「…………」

西絲蒂娜並不知道有人正鬼鬼祟祟地偷看著自己，手拿羽毛筆默默地振筆疾書。

她是在鑽研魔術嗎？

她仔細又認真地寫下一字一句，而且每寫完一個段落，都會停筆慎重地回頭重新審視一遍，然後再把筆伸進墨水瓶裡輕輕沾取墨汁，繼續書寫。

從縫隙吹進來的風，使桌上的蠟燭台火苗微微搖曳，讓西絲蒂娜那一本正經的臉龐上的陰影，如皮影戲般變化多端。

有時候，西絲蒂娜會往旁邊伸手拿取似乎是參考資料的書籍，鴉雀無聲的室內只聽得見翻頁時的沙沙聲響，查完資料之後，她又繼續埋首寫字。她那強大的注意力，與頓悟了真理的仙人相比也絲毫不遜色，甚至能令人從中感受到一種崇高的精神。

「那傢伙……」

葛倫就像在守護著什麼絢爛的事物般，定定地注視著西絲蒂娜。

『我想要可以保護重要之人的力量……我討厭到緊要關頭卻無能為力的自己。』

……這是西絲蒂娜曾向葛倫透露的心聲。

她沒有說謊。一直以來，她肯定都是像這樣，一個人默默地鑽研魔術，堅持不懈地努力吧。即便是在葛倫沒看到的地方也一樣。

這裡是西絲蒂娜面對自我、挑戰自我的，神聖不可侵犯的聖域。

也正因如此——此時此刻的她才會顯得如此神聖。

「呼……吵到她就不好了。我們去找下一個房間吧，羅莎莉。」

「……說得也是。」

即便是我行我素的笨女孩羅莎莉，似乎也被西絲蒂娜的那張背影觸動了。

葛倫和羅莎莉深怕打擾到西絲蒂娜，不敢發出聲響，小心翼翼地在閣樓空間往後退。這時——

『啊啊啊啊啊啊啊啊啊啊啊啊啊啊啊啊啊啊啊啊啊啊——!?』

西絲蒂娜突然發出歇斯底里的怪叫，高高地抓起剛才專心書寫的那張紙，把它揉成一團。

「「咦咦——!?」」

閣樓裡的葛倫和羅莎莉嚇了一跳，西絲蒂娜把揉得皺巴巴的紙團丟到牆壁上，抱頭大叫。

『不對！不是這樣的！我想寫的不是這種故事！而是充滿了酸甜滋味的愛情小說！像這種平淡無味的劇情和台詞，完全埋沒了我超凡的文學造詣！』

西絲蒂娜不曉得葛倫他們正躲在閣樓聽得目瞪口呆，繼續自言自語。

『難道我的文學造詣只有這點程度嗎!?不！絕對不是！單純只是因為這個題材太難寫了！主角是女學生，而且和老師談戀愛！因為這算是一場年齡有所差距的戀愛，所以我才會無法好好構思出劇情和台詞！一定是這樣沒錯！』

西絲蒂娜「匡啷！」一聲撞開椅子站了起來。

『看、看來只能自己實際揣摩了呢！嗯！否則實在很難理解角色的心情嘛！好！』

西絲蒂娜如此說道後，形跡可疑地東張西望……

『「葛列老師！等一下，不要走！你是我的風和靈魂，我的身體快要被你撕裂了！」』

只見西絲蒂娜把雙手交疊放在胸前，情緒激昂地如此大喊。下一秒……

『「不要攔我，賽爾菲娜……我心愛的天之嬌女，我的風。我非走不可，這也是為了妳好。」』

她立刻站到另一旁的位置，這次她露出悲壯且心意已決的表情，擺出把人推開的姿勢。

『「既然如此，帶我一起走吧！我是你的風和靈魂，只要跟你在一起，我——」』

西絲蒂娜又改變站位，這次擺出了抓著人不肯放開的姿勢。

看來她似乎是透過一人分飾二角的方式，在演出故事的橋段。

「……學長，那個女孩她……」

「別講了。什麼都不要說。」

光看就讓人覺得尷尬的打情罵俏短劇，在房間裡愈演愈烈……

『「既然如此，你不如用劍，溫柔地中斷我那哀痛欲絕的心跳吧！」』

西絲蒂娜簡直演上癮了，她演得愈是渾然忘我，愈是教葛倫和羅莎莉尷尬得坐立難安……

最後——

『「老師……」』

這場獨角戲終於進入吻戲的階段。

西絲蒂娜擺出用雙手環抱人的姿勢，閉上眼睛微微噘起嘴巴，踮起了腳尖——

——就在這個時候。

叩叩。喀嚓。

『西絲蒂。我要進來了喔～？』

『《媽媽咪呀》啊啊啊啊啊啊啊啊啊啊啊啊啊啊啊啊啊啊啊啊——！』

魯米亞端著茶具進房的同時，西絲蒂娜發動《疾風腳》一躍而起，衝回書桌前面坐好。

『魯魯魯、魯米亞!?這、這麼晚了有什麼事嗎!?』

『呵呵，我準備了紅茶。西絲蒂，妳好用功喔……可是不可以給自己太大的壓力喔？』

『說、說說說得也是！我剛好也想休息一下！嗯！』

『那我來得正是時候。現在我立刻幫妳泡茶……不過，西絲蒂妳剛才在鑽研什麼？我好像有聽見奇怪的聲音……』

『咦!?那、那是……對、對了！發聲術！沒錯，我在練習咒文的發聲術！我想要把可以大幅提升魔力效率的高級發聲術練到爐火純青——』

躲在閣樓偷看的葛倫和羅莎莉露出鄙夷的眼神，臉上面無表情，面紅耳赤的西絲蒂娜支支吾吾地為自己辯解。

半晌後——

『——我走囉，西絲蒂。繼續用功吧，加油。』

魯米亞留下茶具離開了西絲蒂娜的房間。

『呼，好險……不小心演得太過投入了。假如被人看到的話，就只能把對方勒死了呢！』

西絲蒂娜如釋重負地擦了擦額頭上的汗水。

（……看到不該看的東西了……）

葛倫十分懊惱。

「學長……我們前往下一個房間吧……」

「說得也是……」

葛倫和羅莎莉懷抱著無可言喻的哀痛心情，悄悄地離開現場。

在二樓上方的閣樓仔細繞過一遍調查完所有房間後，兩人還是沒能找到雷納多的書房。

「……照這樣看來，書房是在一樓嗎？這下棘手了。」

於是葛倫和羅莎莉沿著煙囪回到一樓，從暖爐裡爬出來。

兩人似乎來到了客廳。

要在一樓探索的話，就沒辦法使用從閣樓偷偷調查每一處房間的手段了。那個小不點使魔無法突破關上的房門，所以能發揮用處的地方有限。

眼見如此，葛倫只好發動黑魔【自我透明】，設下透明結界將自己和羅莎莉包圍起來。在這個附魔型結界內，兩人可以看見彼此，可是結界外面的人看不見他們。也就是說，這是一種藉由操作光的方式來使自己變成透明狀態的魔術。

此外葛倫又多設了一道隔音結界，以免結界外的人聽到他們倆的對話和動靜。

「有、有這麼方便的魔術，為什麼不一開始就使用啊……」

「笨蛋，這可是大絕招啊。我的魔力容量小得可憐，不可能長時間發動這個魔術。好了，在失去效果前趕緊完成任務吧。這結界是以我為中心展開的，妳千萬不要離開我身邊喔？」

於是，兩人沿著豪宅內的走道開始審慎地進行探索。

「……也不在這裡嗎？可惡，所以我才討厭貴族豪宅。」

繞遍了好幾個房間依然毫無斬獲，葛倫開始感到不耐煩。

這時——

「學、學長……！你看……！」

「噓！」

葛倫連忙摀住了羅莎莉的嘴巴。他們看見一個身材嬌小的少女背影，出現在前方走道的遠處。

那名少女是梨潔兒。

梨潔兒背對著葛倫和羅莎莉，一路往前走。

看到那個連天之智慧研究會的邪道魔術師也會敬畏三分、身經百戰的少女劍士背影，葛倫一瞬間緊張得渾身發抖，不過……

「唔嗚唔嗚唔嗚!?」

「安靜一點！那傢伙碰到沒有敵意和無害的對手會變得很遲鈍。反正現在她看不到我們，不要輕舉妄動就好。」

正如葛倫所言。

梨潔兒完全沒有注意到葛倫和羅莎莉的存在，頭也不回地離開了。

（呼，好險……話說回來……）

葛倫對梨潔兒這樣的表現感到了一絲不安。因為梨潔兒是被派來貼身保護前王女魯米亞這個異能者的帝國宮廷魔導士。

（儘管以現在的情況，我很感謝她沒注意到我們……可是，像她那麼缺乏警戒心，真的能做好護衛的工作嗎？）

看到梨潔兒這麼遲鈍，葛倫不禁搖頭。

「學長……還沒調查的區塊只剩……」

「沒錯……剛好就在梨潔兒前往的那個方向。我們已經沒有時間了，也只能小心前進。」

兩人重新繃緊神經，做好心理準備後，緩緩地沿著走廊前進。

——兩人直走到走道盡頭接著轉彎。

葛倫發現前方左手邊有一扇房門只掩上了一半。

室內的燈光也流洩到了走道上。

「這是什麼房間啊？」

葛倫從門後露出半張臉往房內一探究竟。

「…………」

這裡似乎是廚房。

只見梨潔兒站在廚房中央，四處可見爐灶、調理台、櫥櫃、餐具櫃等等。

梨潔兒剛才似乎就是準備走來這裡。

（那傢伙到底在幹嘛？）

在葛倫的關注下，梨潔兒先是在廚房內東張西望，不久後她似乎找到了想要的物品，往那個地方走去。

（那、那是什麼啊!?）

葛倫嚇得瞪大了眼睛。

梨潔兒走近了櫥櫃……整間廚房就屬那個櫥櫃最搶眼。

（鋼鐵製的櫥櫃!?而且還用鎖鏈和大鎖牢牢地封印了起來!?怎麼回事!?）

那種詭異的設備擺在廚房裡，怎麼看都很突兀。

就在葛倫吃驚得說不出話來時，梨潔兒像過去一樣，用鍊金術高速鍊出了一把巨大的大劍。

「呼……呼……」

然後，向來橫衝直撞的梨潔兒，難得擺出彷彿東方居合斬的沉穩架式，她調整呼吸，集中精神……

緊接著——

「……嗯！呀！」

「滋啪！」一聲。大劍以令人嘆為觀止的神速穿過了鋼鐵製的櫥櫃。

沒錯，劍不是『砍下去』，而是如字面所示地『穿過』了櫥櫃。

下一秒，連一聲巨響都沒有，鋼鐵製櫥櫃、鎖鏈和大鎖，有如紙片般俐落地被斬斷了，安靜地結束了它們的職責。

「……嗯。」

梨潔兒踮腳尖，雙手伸進打開的壁櫥後，從中拿出了大量草莓塔。

梨潔兒勤奮不懈地從壁櫥搬出一大堆草莓塔，在地上堆成一座小山。

接著，她再次發動鍊金術，把損壞的壁櫥、鎖鏈和大鎖修復成原狀……

「嚼嚼嚼……」

梨潔兒就這麼直接蹲坐在地上吃起了草莓塔，雖然她一如既往地面無表情，一副看似沒睡飽的模樣，不過感覺得出來她現在十分開心。

「……學長，這是……」

「搞了這麼大的陣仗，原來只是為了偷吃東西啊……」

看完整個過程，葛倫只感到傻眼。

他大致猜想得到背後的原因。

大概是嗜草莓塔如命的梨潔兒成為令席貝爾家頭痛的問題，為了控制她的口腹之慾，所以才特地準備了那個鋼鐵製壁櫥和附大鎖的鎖鏈吧。

只不過防範效果嘛……剛才也看到了。

而且就梨潔兒那熟門熟路的犯行來看，這應該不是她第一次偷吃了。

（真受不了那個笨蛋……）

坦白說，這在教育上不是一件好事。

如果讓精神層面還很幼稚的梨潔兒，在做這種偷雞摸狗的事情時嚐到甜頭，會對她造成非常不好的影響。

所以葛倫下意識地浮現了某個念頭。

（我看……之後得委婉地提醒白貓這件事了……）

就在這個瞬間。

轟！

大劍冷不防高速飛來，深深地刺進了葛倫旁邊的牆壁。

「嗚耶耶耶——！搞什麼鬼！」

「……是誰？」

葛倫赫然發現，從地上站起來的梨潔兒，正用陰沉的眼神定定地注視著他。

明明葛倫所施放的透明結界和隔音結界，都還沒失去效果。

照理來說，梨潔兒應該看不到葛倫才對。

可是她卻如野獸般敏銳地壓低重心，舉劍擺出架勢，一副看得一清二楚的樣子。

「是誰在那個地方？……敵人嗎？」

「慘了——!?」

梨潔兒是很遲鈍。可是那僅限於當她碰到毫無敵意或對她無害的對手時。

「直覺告訴我……那裡有試圖奪走我的草莓塔的敵人。」

「太敏感了吧!?可惡，我太小看這傢伙的野性直覺了！好啦好啦，讓這傢伙擔任魯米亞的護衛，可以放一百個心了呢，天殺的！」

「現、現現現在要怎麼辦啊？學長——!?」

「也只能逃了，我們衝——！」

葛倫和羅莎莉二話不說，落荒而逃。

「別想跑。雖然看不見，可是我感覺得出來有人溜了。」

梨潔兒像隻追捕獵物的花豹，提著大劍追殺兩人。

一場攸關性命的追逐戰就此展開——

葛倫已經顧不得要躲到什麼地方了。

他徹底利用梨潔兒完全看不到他的優勢，好不容易才擺脫了梨潔兒的追殺——

喀啦啦啦——！碰！

葛倫拉開玻璃門衝進某個房間，並迅速把手伸到背後直接把門帶上。

然後，他背靠著莫名潮溼的牆壁，整個人都快虛脫了。

（總、總算甩開梨潔兒了！可是羅莎莉跟我走散了，透明結界和隔音結界也都失效了……可惡！這下該怎麼辦!?）

葛倫必須過一段時間等魔力恢復，才能再使用這兩項隱藏行跡的魔術。

怎麼辦？怎麼辦？

葛倫拚命想讓天旋地轉的腦袋恢復正常運轉。這時——

「……嗯？」

葛倫這才發現。

他現在所置身的房間，跟其他房間的構造很不一樣。

首先，這個房間比其他房間燈火通明多了。

而且聲音在這裡回音效果特別明顯。室內的空氣既溫暖又潮溼。應該說，瀰漫在室內的熱氣讓視野非常模糊。

地板、牆壁和天花板都鋪上了大理石的磁磚，內部設有大型的浴缸，浴缸裡注滿了熱水。

（對喔，原來這裡是浴室……）

直到這時，葛倫才發現浴室早有來客，而且就近在自己身旁。

那個人正是魯米亞。

在明亮的照明下，一絲不掛的她毫不吝惜地展現出性感誘人的白皙軀體。她面對著牆上的蓮蓬頭與鏡子，坐在浴室的矮凳上，仔細地搓揉著頭上的泡沫。

她那優雅中仍透著一股未成熟果實般的青澀氣息、凹凸有致曲線圓潤的頂級身材，恐怕連掌管美的女神也會對她燃起妒火吧——不對，現在可不是讚嘆魯米亞身材的時候。

（對喔，原來這裡是浴室————！）

這下就算跳進河裡也洗不清了，我的人生完蛋了。就在葛倫面如死灰，瑟瑟發抖時——

「……梨潔兒？」

或許是因為頭髮上都是泡沫的關係吧，魯米亞閉著眼睛轉頭朝向葛倫。

「妳是梨潔兒吧？剛才梨潔兒也說想要洗澡嘛。」

「——!?」

這可是從天上掉下來的大好機會。

葛倫可不想年紀輕輕就被宣判（社會上的）死刑。

所以——

「……嗯。」

全身冷汗直流的葛倫硬是從口中擠出了這一個字。他已經盡最大的努力，模仿梨潔兒的聲音和語調了。

（有辦法靠『嗯』這一個字蒙騙過去嗎!?）

所幸梨潔兒相當木訥寡言。她常常一整天只說過『嗯』這個字。

而且聲音在經過浴室反射，聽起來本來就會不太一樣──不，即便如此，也不可能那麼簡單就蒙騙過去吧，上天保佑！

葛倫心驚肉跳地等待判決，結果……

「啊哈哈，果然是梨潔兒嗎……妳怎麼這麼慢才來，害我擔心了一下。」

（安全過關──！神啊，感謝祢──！）

總之，已經過了第一道難關了。

接下來是該怎麼做才能不啟人疑竇，自然地離開這個地方。

正當葛倫絞盡腦汁思考脫離困境的對策時。

「啊，對了。我們有說好今天洗澡的時候，妳要幫我刷背對吧？現在可以麻煩妳幫我刷嗎？」

（神啊！去死吧！）

神決定賦予葛倫更為嚴峻的考驗。

（可惡!?怎麼辦!?幫裸體的學生刷背，各方面都很不妙啊——！）

不過，這時候要是讓魯米亞起疑，等她沖洗掉頭髮泡沫，發現葛倫冒充梨潔兒的話，一切就完了。葛倫此刻面臨到極其重大的危機。

所以……

「……嗯！」

葛倫猛發抖，拿起放在一旁的除垢用浴巾。

「嘻嘻，謝謝妳。梨潔兒。」

於是，葛倫心驚膽顫地，開始幫完全放鬆的魯米亞刷洗滑溜的背部。

（我都快嚇出心臟病了。這是哪門子的玩法啊。）

雖然魯米亞還只是少女，可是跟其他同齡的女生相比，她可說是相當早熟，充滿了誘人的魅力。

即便葛倫平常再怎麼木頭，每當手指觸碰到她那吹彈可破的香豔玉肌時，也會忍不住有一種血脈賁張的感覺。

「梨潔兒，妳的技術好棒喔……真的太舒服了……」

魯米亞這麼缺乏防備，也是挺讓人困擾的。

「……嗯。（我在天的神啊，願祢的名被尊為聖，願祢的國度降臨。）」

葛倫就像故障的錄音機一樣不斷在腦海重複默誦經文，驅逐心中的雜念幫魯米亞刷背。

「話說，梨潔兒妳不愧是軍人呢……妳的手掌好有力喔……感覺好棒。」

「……嗯。（主啊，賜予我永遠的安息，讓我沐浴在永不熄滅的聖光之下吧。願我能安詳地長眠。）」

再這樣下去，葛倫真的會如同這段送葬的經文所描述般地一命嗚呼……在各種意義上。

（怎麼辦!?怎麼做才能脫離這個困境!?我到底該如何是好──!?）

葛倫心急如焚，感覺自己彷彿正在被地獄烈焰灼燒。這時──

浴室的門喀啦一聲打了開來。

「抱歉，魯米亞。我來晚了。」

從門後現身的，是同樣脫得光溜溜的梨潔兒。

「因為途中發生了一點事情，所以遲到了。」

和魯米亞相比，梨潔兒那尚未成熟的軀體一點凹凸起伏也沒有，平坦到讓人覺得可悲──現在可不是管這種事情的時候。

（奴哇啊啊啊啊啊啊啊啊啊啊啊啊啊啊啊啊──！為什麼偏偏挑這個時候啊啊啊啊啊啊啊啊啊啊啊啊啊啊啊啊啊啊啊啊啊啊──!?）

雖然傻呼呼地轉頭看著其他地方的梨潔兒尚未發現葛倫的存在，可是不管怎麼看，葛倫只剩死路一條了。

葛倫已經有了赴死（人格破產）的覺悟。

話雖如此——

（我不要！我不想死！我這輩子還有很多事情還沒做……！我從來沒實際擁有過什麼！我不要……我不要死在這種地方——————！）

——情況在這時出現了變化。

當梨潔兒把頭轉回來，眼看視線就要捕捉到葛倫的身影時——

有某個物體「咻」的一聲從梨潔兒的腳下滑過。

那個物體——正是草莓塔。

「……啊。」

原本就快正面朝向葛倫的梨潔兒，視線又隨著草莓塔移動。梨潔兒的身旁出現了一個巨大的死角。

（喔喔喔喔喔喔喔喔喔喔喔喔喔喔喔喔喔喔喔喔喔喔喔喔——!?）

就是現在。錯過這一刻就再也沒有機會了。

葛倫燃燒了所有的魔力，盡其所能地消除自身的氣息，然後拔腿狂奔。

說他是死裡求生也不為過。

說他是成功覺醒也可以。

求生的本能性渴望與執著，以及繃緊到極限的精神狀態，使葛倫的專注力突破了極限，進而使他達成了「在不被梨潔兒這種強大劍士發現的情況下，偷偷溜出去」的奇蹟性成就。

葛倫精準地掌握住比剎那還要短暫的虛空之刻，成功逃出了浴室。

「……咦？梨潔兒？妳在做什麼？啊，真是的～那個草莓塔妳是從哪裡帶過來的？」

「嚼嚼嚼……」

魯米亞和梨潔兒的對話聲在背後響起的同時。

「千、千鈞一髮！差點就要被捉包了呢，學長！」

「撿、撿回一條命！幸好妳適時伸出援手，羅莎莉！我還以為自己真的死定了！」

和把草莓塔丟進浴室的救世主羅莎莉會合後，葛倫立刻逃離了現場。

後來，葛倫和羅莎莉又碰上好幾次驚險的場面。

不過他們倆同心協力，奇蹟式地克服了所有出現在眼前的難關。

終於，上天不負苦心人——

「這裡……就是雷納多先生的書房嗎？」

「總、總算找到了……真的是歷經千辛萬苦呢……！」

葛倫和羅莎莉抵達了目的地，雷納多的書房。

兩人這時已經快精疲力盡了。

「好，快點把證物找出來，準備溜了！……雖然我很想這麼說，可是……」

葛倫環視四周後不耐煩地說道。

以格局和擺設而言，雖然這間書房四面牆壁都是書櫃，裡頭還擺了張辦公桌，基本上就跟一般書房一樣，可是角落的玻璃櫃裡，陳列著無數的戒指。

就連書桌的抽屜裡，也滿滿都是半成品和已經製作完成的戒指。

簡而言之，整個房間隨處可見戒指。

葛倫這才想起雷納多擅長以戒指為媒介的魔術。

「真、真的要從這堆戒指裡面找出證物嗎……哪來那麼多的時間啊……可惡，好不容易才走到這一步的。」

繼續待在這裡，隨時有可能被西絲蒂娜她們發現。

就在葛倫無奈地嘆氣時——

「放心，包在我身上！」

羅莎莉突然自信滿滿地口出豪語。

她拔出佩劍，閉上雙眼。只見她以輕鬆的架式握劍，一邊輕輕地晃動劍尖，一邊慢吞吞地原地轉圈。

「……妳在幹嘛？」

「我在用靈擺探測術啊。」

羅莎莉閉著眼睛貌似得意地說道。

「我把目標對戒的相關記憶傳送到劍尖上，藉此觀察反應。」

「噢？」

「我只有靈擺探測術這一個專長，所以我做了很多的練習喔。夏爾也常利用劍做靈擺探測呢，嘿嘿！」

看來，尋找遺失物的委託達成率百分之百並非浪得虛名。

得知這個不中用的三流魔導偵探有在慢慢成長，葛倫不禁感到欣慰。

過沒多久。

羅莎莉彷彿受到劍的指引，一步步慢條斯理地在書房移動……

不久，她手中的劍指向了某一個點。

「我找到了，就在那裡！」

不知何故，羅莎莉鎖定了書櫃。

葛倫從那個書櫃上抽掉好幾本書後，發現裡面出現了一塊小小的空間，有一個小盒子就擺在那裡。

葛倫拿出那個小盒子打開一瞧。

裡面有一枚疑似鑲嵌了鑽石的銀戒。

「賓果！我們找到了！它跟委託人菲莉亞娜小姐展示給我看的對戒一模一樣！就是這一枚戒指沒錯！」

羅莎莉仍未停止靈擺探測，她手中那把持續擺動的劍也同樣指著那枚戒指。

「是嗎……就是它啊。」

和洋洋得意的羅莎莉相反，找出了戒指的葛倫心情十分沉重。

因為找到證物，也就代表雷納多背著菲莉亞娜在外面拈花惹草的事情是真的。

（白貓……魯米亞……梨潔兒……她們三人往後的日子該怎麼辦呢？可惡。）

無論如何，自己也只能設法把這件事造成的傷害控制到最小。即便這麼做會被人說是偽善，自己也有義務守護她們三人的日常，也希望保護她們。

葛倫下定決心。這時——

「哼哼，學長！你見識到本世紀的魔導偵探羅莎莉的卓越辦案能力了吧！又解決一件案子了～！」

「喂，這樣很危險啦。我知道妳很厲害了，快把劍收起來……」

或許是太過得意忘形，羅莎莉仍在賣弄靈擺探測，只見她的劍尖晃著晃著……叩。

結果碰撞到葛倫放在掌心上的戒指的寶石。霎那——

啪嘰。

戒指的寶石浮現裂痕，從而裂成兩半。

「啊。」

「啊。」

看到被弄壞的戒指，葛倫和羅莎莉都兩眼發直。

兩人陷入了詭異的沉默。半晌後。

「妳、妳這白痴——————————！」

「對、對不起，對不起，是我錯了——————！」

葛倫使出了摔角招式天魔鋼爪，用右手牢牢握住羅莎莉的臉。

羅莎莉試圖推開葛倫的手，淚眼汪汪地哇哇大叫。

「妳看妳啦！搞什麼鬼啊!?耍蠢嗎!?前面吃了這麼多苦頭，結果害我做白工————————！」

「可、可是誰想得到這寶石會脆弱到劍稍微輕輕一碰就壞掉嘛——————！」

「吵死了！唉，現在該拿它怎麼辦啦!?我快瘋了——————！」

葛倫垂頭喪氣地端詳著手上毀損的戒指。

結果……

「…………嗯？這是……？」

葛倫忽然靈機一動，他用手指輕輕拎起那枚戒指，目不轉睛地觀察著裂成兩半的寶石切面。

「……怎、怎麼了嗎？」

「……我發現有個奇怪的地方……喂，羅莎莉。我問妳一件事……」

「咦？」

後來。

儘管並非完好如初，確保了證物的葛倫和羅莎莉還是姑且離開了席貝爾家。

然後，兩人立刻前往和委託人約好見面的地點。

這時已經是深夜了。

兩人在指定的時間，來到約定碰面的地點，等待委託人現身。

「嗚嗚……戒指被我弄壞了，不知道委託人會不會生氣……？」

「…………」

這裡是某處冷清巷弄，羅莎莉一臉惶恐，葛倫則是不發一語，若有所思。

不久。

「……辛苦妳專程跑這一趟了，羅莎莉小姐。」

一名女性從被黑暗籠罩的巷弄深處現身了。

「啊，菲莉亞娜女士！」

羅莎莉一看到那名女性立刻挺直腰桿，葛倫則瞇起了眼睛。

「調查的結果如何？那個人外遇的證據……妳有成功拿到手嗎？」

「當、當當當、當然了！菲莉亞娜女士！證據在此！」

羅莎莉戰戰兢兢地把裝有戒指的小盒子，遞給菲莉亞娜。

「這種程度的委託，對鼎鼎大名的魔術偵探羅莎莉・狄德多和助手而言，簡直是小菜一碟！啊哈哈哈!?」

「太可靠了。真的非常感謝妳的幫忙。」

菲莉亞娜笑咪咪地收下盒子，並且打開。

盒子裡頭裝的當然是那枚寶石裂開的戒指，菲莉娜亞看到內容物後目瞪口呆地僵在原地。

「什……！這是——」

「對、對不起————！」

羅莎莉突然使出「月面空翻飛身下跪」，五體投地向菲莉亞娜下跪道歉。

「委託的證物不小心被弄壞了————！這全部都要怪我這個助手笨手笨腳，跟我一點關係也沒有————！」

「……喂。」（猛踩。）

一臉不屑的葛倫毫不留情地狠踩了羅莎莉的後腦勺一腳，不過菲莉亞娜視若無睹。

「這……到底是怎麼一回事……!?」

她全身猛打哆嗦，好不容易才擠出聲音說道。

「妳解咒後還刻意把戒指拿來還給我……!?難道是想給我難堪嗎!?羅莎莉‧狄德多……妳識破了我的企圖……!?」

「……什麼？解咒？企圖？」

跪在地上的羅莎莉眨了眨眼睛，舉頭注視菲莉亞娜。

「哼……果然是這麼一回事嗎？」

一旁的葛倫聳聳肩，轉身朝向菲莉亞娜不客氣地問道：

「坦承招來吧，妳是誰？」

「──!?」

葛倫提出質疑後，菲莉亞娜僵住了。

「妳確實喬裝得挺像的。只不過，我所認識的菲莉亞娜女士，比妳更漂亮且更高雅喔？」

「胡、胡說八道……我不知道你是誰，可是你說這種話未免太失禮了！我是菲莉亞娜・席貝爾……雷納多的妻子……」

「笨蛋！菲莉亞娜女士認識我！不要再裝了，妳的狐狸尾巴早就露出來啦！」

「──!?」

冒牌的菲莉亞娜呆若木雞，葛倫指著她手上的戒指說道：

「那枚戒指的寶石內部，密密麻麻地寫滿了極細緻的盧恩咒文。透過機能分析，我發現那個咒文的作用是『能讓獲贈那枚戒指的人，愛上另一枚對戒的持有者』……而且這個詛咒十分惡質，獲贈那枚戒指的人不需要把戒指戴在手上，光是放著就能發揮效果。雷納多先生和他的書房……這兩者的關係十分密切，因此即使雷納多先生身處相隔遙遠的地方，戒指的效果還是會相互發揮作用……這套魔術理論是來自感染魔術的應用，對吧？」

「──!?」

「這個詛咒的缺點在於它非常脆弱，反之，它的術式隱蔽性高，難以被發現。所以一開始我也完全沒發現它是被人下了咒術的戒指。只不過……遺憾的是，那個廢物偵探的破邪劍無意間破除了咒術。咒術本身脆弱的缺點成了致命傷。」

「怎麼會……這樣……」

「以下是我個人的推理……妳情不自禁愛上了早有家室的雷納多先生，為了讓雷納多先生移情別戀，所以把那枚戒指交給雷納多先生……不對，照那枚戒指不尋常的收藏方式來看……應該是妳以前透過拜訪或某種方式進入席貝爾家時，親自藏在雷納多先生的書房裡吧。」

聽了葛倫的推理，冒牌菲莉亞娜瞪大眼睛一動也不動。

「過了一段時間之後，妳有把握雷納多先生已經充分地受到了咒術影響，為了湮滅自己施咒的證據，才委託羅莎莉那個笨蛋回收這枚戒指！畢竟進入那間豪宅兩次的風險不小。一旦成功回收證物，接下來只要找個地方把那兩枚對戒藏起來，妳就可以高枕無憂了。」

「你、你說的那是……」

「畢竟雷納多先生這輩子最鍾愛的人就是菲莉亞娜女士。相信他一開始應該也很努力在抗拒妳的感情吧。然而……愛情本身終究是讓妳如願到手了。妳一定是覺得長久下來，一定可以順利擄獲雷納多先生的心，讓他成為妳的人對吧？」

「我……我……！」

「放棄掙扎吧。除了席貝爾宅邸的訪問紀錄和那枚咒術的戒指之外，還有其他等等……有太多的證據了。在咒術被破除，妳的企圖曝光的當下，妳就已經輸了……這就是這麼殘酷的比賽。」

葛倫一語道破事實後。

或許是知道再僵持下去也只是困獸之鬥，只見冒牌菲莉亞娜的身影突然如海市蜃樓般一陣晃動，變成了另一名女性的模樣。

解除變身魔術後，女子氣力放盡，直接癱坐在地上。

然後——

「對不起……真的很對不起……可是我很愛他……從我們在職場上第一次相逢的那一刻起……我就深深地愛上了雷納多大人……！」

那名看似涉世未深的年輕女子，用雙手摀著臉頰嚶嚶哭泣。

她應該也不是本性邪惡的壞人。只不過，或許她放了太多的感情在雷納多身上。以至於一時鬼迷心竅，使用了這種禁忌的咒術。

也許就是因為她還很年輕，才會無法控制自己的感情，讓愛失控吧。

「我覺得很對不起菲莉亞娜大人……也對雷納多大人的家人感到慚愧……！即便如此，我還是……！」

女子抬起哭得一把鼻涕一把眼淚的臉，百思不解地提出疑問。

「不過……你們是怎麼知道的……？即便是強如雷納多大人的魔術師，也絕對無法發現那個咒術的存在。到底為什麼……？你們是什麼時候發現的……!?」
女子從喉嚨擠出聲音，如此問道。
「哼……當然是打從一開始就識破了。」
羅莎莉自我感覺良好地把手放在女子的肩膀上，鼻子輕輕一哼。
看到羅莎莉那恬不知恥的厚臉皮模樣，葛倫不禁猛然摔了一跤。
「沒錯，我一開始就看穿妳的企圖和咒術了。畢竟我可是高明的偵探啊！不過，為了阻止妳踏上歧途……我只好故意裝作一無所知，接受妳的委託。」
「羅、羅莎莉小姐……」
「妳一定很難受吧。失去愛，就像失去了另一半的身體吧。問題是，妳這麼做，只會把妳最愛的人以及對方的家庭推落至不幸的深淵。這種結果，對妳而言稱得上是真正的幸福嗎？」
「…………」
「……現在回頭還來得及。請妳好好再想一想吧。不要放棄追尋能帶給妳真正幸福的下一段戀情。這是我——本世紀最強的魔導偵探羅莎莉・狄德多的心願。」
語畢，只有在這種時候，講話才特別振振有詞的羅莎莉，優雅地行了一鞠躬。
「……羅莎莉小姐……我很慶幸當初委託了妳。妳果然是不負盛名的魔導偵探呢。」
女子露出豁然開朗的表情說道。

「我……會去自首。等我贖清罪惡之後……我會去尋找真正的愛。謝謝妳。」

「呼！又解決一件案子了！」

啪沙！

彷彿等這一刻等了很久，羅莎莉抖擻大衣，擺出姿勢。

霎那，葛倫如使出瞬間移動般，移動到羅莎莉背後，對她使出鎖喉。

「嗚嘿！」

「羅莎莉，妳這傢伙不要太過分了！居然想一個人獨占所有的功勞!?真的那麼想自己一個人出鋒頭是不是！啊啊!?」

「好痛痛痛痛!?痛死了、痛死了，我放棄。對不起、對不起、對不起——！」

「不要鬼叫！每次都自己占盡好處！這次我絕對不要再忍氣吞聲了！」

「嗚呀啊啊啊啊啊啊——!?」

最後，在成為兩人固定模式的互動之下。

一場內情意外重大的事件，就這樣悄悄地落幕了——

隔天——

「欸欸，西絲蒂。義父義母今天就要回來了吧!?」

「嗯嗯，沒錯！」

放學後，魯米亞、西絲蒂娜和梨潔兒在鬧哄哄的教室談天說笑。

葛倫懶洋洋地把手肘撐在講桌上托著臉，望著那幅熟悉的畫面。

「對了！爸爸媽媽長期出差回來一定很累，今天我們要不要一起準備晚餐慰勞他們呢？」

「說得也是，我贊成！」

「……嗯。我也要幫忙。」

那幅畫面溫馨又難能可貴。

葛倫突然開口詢問西絲蒂娜等人一個問題。

「吶，白貓。最近妳爸媽的感情如何？」

「咦？為什麼突然問這個？」

西絲蒂娜納悶地回答：

「他們還是老樣子，年紀一大把了，還是像笨蛋情侶一樣。至少就他們從工作地點寄回來的信件，以及定期用魔導通訊器聯絡時的感覺來看，感情是沒什麼變化啦……」

「哦？」

「啊。不過我想到一件事……前陣子他們不知道是不是吵架了，總覺得兩個人關係有點僵，讓我有點擔心……可是今天早上通話時，他們似乎已經和好了，又開始在別人面前曬恩愛。」

「……是嗎？那就好。」

葛倫輕輕地笑了一聲後，起身離席。

「……老師？啊，對了。爸爸他們出差多時，今天終於要回家了，晚上我們打算準備一桌豐盛的晚餐慶祝……如果老師方便的話，要不要加入我們的聚會呢？」

「還是算了吧。你們好不容易一家團聚，我這個外人還去參一腳，未免太不識相了。」

說完，葛倫把講師長袍披在肩上。

羅莎莉這次帶來了相當驚險的事件。

儘管其他人都沒有發現，可是西絲蒂娜的家庭差點分崩離析。

雖然很不想承認，不過化解了這場重大危機的人——應該就是羅莎莉吧。

如果不是羅莎莉偶然承接了這件案子——

如果不是羅莎莉偶然破除了那枚戒指的咒術——

或許葛倫也不會注意到那個咒術的存在，真相就此被埋葬於黑暗中，只留下一個莫名破碎的幸福家庭。

雖然只是不起眼的偶然，卻也有其價值。

一名作家說過，要成為偵探，必須具備很多種資質；當中最重要的，就是能牽動命運的引力。

假如這個說法為真，那麼羅莎莉她——

「哼。看來那個三腳貓，偶爾也有發揮用處的時候嘛。」

如此喃喃自語的葛倫，對腦子裡驀然浮現的念頭付之一笑，聳聳肩膀，獨自踏上了歸途。

火焰的繼承者

Inheritor of Flame

Memory records of bastard magic instructor

不正經的魔術講師與追想日誌

Memory records of bastard magic instructor

「開什麼玩笑！」

青年的怒吼聲在四周迴盪。

這裡是位在隱密山間的魔導士小隊營地。

這一帶是死角眾多的山谷。四周環繞著蒼鬱的森林。

茫茫濃霧及讓吐息化成縷縷白煙的低溫壟罩大地。夜幕隱藏住萬物。

在這樣的幽暗之中，一個帳篷無聲無息佇立於這裡。

一名面目猙獰的青年，咄咄逼人地逼問某名年輕女子。

「妳瘋了嗎!?妳到底在想什麼!?」

這名身穿帝國宮廷魔導士團魔導士禮服的青年名叫葛倫・雷達斯。

「你真吵耶……」

年輕女子瞥了葛倫一眼，煩悶地攏起頭髮。

年輕女子有一頭烈焰般的火紅頭髮。幽幽地照耀著帳篷內部的燈光，因那頭紅髮反射出的光澤，一如飛濺的火花光彩耀動。和精緻臉龐格格不入的紫炎色銳利眼眸，冷冷地瞪著葛倫。

儘管身穿粗獷的魔導士禮服，照樣藏不住那一身性感的曲線。

她是人們眼中傾國傾城的絕世美女，可是比起外在的美貌，她身上所散發出的苛刻氣息更令人印象深刻，使人不寒而慄。

這名年輕女子名叫伊芙・依庫奈特。

她是阿爾扎諾帝國古老大貴族暨魔導武門的棟樑・依庫奈特公爵家的次任當主。

同時，她也官拜人稱帝國軍最強的帝國宮廷魔導士團特務分室室長，並被任命為執行官代號1《魔術師》，是一名精銳女魔導士。

身為菁英中的菁英，伊芙被葛倫這個部下頂撞，毫不掩飾地把煩躁寫在臉上，像在傾吐不快地撂出狠話：

「同樣的話不要讓我再說第二遍。放棄所有人質。這已經是既定事實了。」

聽了伊芙的宣言，葛倫激動得咬牙切齒，用力握緊拳頭。

但伊芙無動於衷，以冷酷無情的口吻淡淡地繼續說道：

「由邪道魔術師所組成的恐怖組織・曉之革命團，以武力占據了山中的村落奇洛姆。該恐怖組織以全村的村民做為人質，要求我方『釋放所有被帝國軍逮捕的組織幹部』……面對這種離譜的條件，我們是絕對不可能做任何讓步的。你明白嗎？」

「我當然明白！那群該死的旁門左道，豈能放他們出來逍遙！」

「對方宣稱，如果幹部沒能在時限以前獲得釋放，他們就要殺光所有人質。問題是奇洛姆村易守難攻……簡直不可能救出人質。」

「所以就要對人質見死不救嗎!?」

「不然呢？像你這麼笨的人，或許無法理解這麼簡單的道理吧。」

伊芙用一種理所當然的語氣，回應葛倫的反彈。

「反過來說，這也是我們的大好機會。奇洛姆固然容易防守，可是也有無處可撤退的缺點，形同陸地上的孤島。如果能把握機會徹底剷除曉之革命團，也就少了一個寄生在帝國的毒瘤。不僅能為帝國治安的提升做出莫大的貢獻，也能立下豐碩的戰功。」

「……！」

「懂了嗎？這麼做也是為了守護帝國的和平。」

「即便為了守護帝國和平，對老百姓見死不救，還是太奇怪了吧!?」

氣急敗壞的葛倫一把揪住伊芙的衣襟，近距離地向她怒吼。

「我不配合這種作戰！如果妳堅持這麼做，恕我拒絕聽從妳的指揮！我要以自己的方式作戰！」

「——什麼!?」

「我們這些專幹見不得人事情的人，的確也不算什麼好東西！可是我們的存在，不就是為了保護奇洛姆村民這種弱勢族群嗎!?那不是我們最後一道底線嗎!?」

「你、你所說的……」

「滿不在乎地放棄應該保護的族群，這算哪門子的戰功!?哪門子的帝國軍!?開什麼玩笑！

我說什麼也不會對奇洛姆的村民見死不救！正因為這是個糟糕的世界，我才更堅持我所相信的正確道路……我才不管這符不符合你們的利益！」

葛倫話一脫口……

「吵死了——！」

不知道是哪句話觸怒了伊芙。

原本火大歸火大，但基本上仍保持冷靜的伊芙，突然大發雷霆。

她反過來抓住葛倫的衣襟，怒不可遏地瞪著他。

「都到了這個節骨眼，你還在以『正義魔法使』自居⁉給我適可而止！」

「——⁉」

「為什麼你就是不肯乖乖服從命令⁉我怎麼說，你就怎麼辦！醜話先說在前，在前線違背長官命令可是重罪！你想被抓去軍法會議修理嗎⁉」

「啊啊，有什麼好怕的！我又沒說錯什麼！」

兩人你來我往地對罵。

伊芙情緒爆發後，葛倫也跟著激憤了起來。

「嗚……⁉」

伊芙近距離和葛倫四目相對。

她從葛倫的眼眸裡，看到了真摯的光芒。即便他情緒激昂到快要失去理智，可是他的眼神中，依然充滿堅持己見、堅持正義的強烈意志。

每當看到葛倫眼睛所綻放出的光輝，伊芙總是會感到焦慮，內心開始躁動。

……或許是因為，那樣的光輝絕對不會出現在她身上吧。

「實在有夠討厭。我最討厭的人就是你……」

伊芙的語調突然變得冷酷。兩隻眼睛定定地注視著葛倫。

伊芙周遭的氣溫一口氣飆升。可是除了她的身邊，其他地方的溫度卻冷到彷彿冰點以下似的。

「看來你一定要實際吃到苦頭才能學到教訓了。」

「——！」

伊芙揪住葛倫胸襟的那隻手突然「轟！」地冒出了火焰。

這個帳篷是營地的作戰本部，伊芙早已把這裡指定為自己的領域。

眷屬秘咒【第七園】。

此乃灼熱與火焰魔術的宗師・依庫奈特的秘傳奧義。在指定的領域內，免除炎熱系魔術的發動『五工程』，無須唱咒照樣可以隨心所欲操縱火焰的反常理術式。

這招可怕的魔術，也讓依庫奈特獲得近距離魔術戰最強的美名《紅焰公》。

「妳、妳……!?」

「我已經受夠聽你痴人說夢了！看我怎麼教訓你……！」

伊芙恐嚇地說道，同時操作火勢。

明明伊芙散發出令人不寒而慄的氣息，四周的氣溫卻一口氣急速上升。

席捲四周的熱氣與熱浪，毫不留情地灼燒葛倫的肌膚。

葛倫立刻作勢拔出插在腰間的手槍——

眼看猛烈的大火即將在葛倫與伊芙四周形成漩渦時——

「住手————！」

轟！

一陣狂風隨著少女的大喊吹來，熄滅了盤踞在現場的火焰與熱浪——

「到此為止。」

一聲不響地現身的男性抓住伊芙的手。

半途介入的這兩名人物是賽拉和阿爾貝特。

站在兩人身後的，則是最近才剛加入特務分室的克里斯多福。

「你們兩個不可以吵架啦！」

「自己人在這裡內鬨，有什麼意義？」

「就是說啊……雙方先冷靜下來吧。」

賽拉氣得鼓起腮幫子，阿爾貝特表情始終冷若冰霜，克里斯多福好聲好氣地苦勸兩人。

平常的夥伴們現身打圓場，伊芙尷尬地放開了葛倫。

「……呿！」

被放開的葛倫，往後退開一步和伊芙保持距離，鬧彆扭地把頭撇向一旁。

「哼。不難想像你們兩個是為了什麼事情吵起來。肯定是跟那個作戰有關對吧？」

「我先聲明，找麻煩的人不是我，是葛倫。」

阿爾貝特淡然地提出疑問後，雙手抱胸的伊芙不以為然地發出悶哼，別過視線。

「我想也是。每次都是這樣。」

「幸好你夠明理，這樣事情就簡單多了。阿爾貝特，你也說他兩句。放棄人質早就是拍板定案的事情了。重視效率的你，應該也能理解這個做法吧？」

伊芙彷彿終於盼到援軍，尋求阿爾貝特的支持。

然而，結果卻出乎她的意料。

「我也反對那個作戰。」

「什麼!?」

連阿爾貝特也否定了那個作戰。

「什麼意思？連你也要違抗長官的命令嗎？」

「我們是軍人。如果妳執意那麼做的話，我當然也只能盡力完成任務。問題是，這真的是為了拯救更多人，不得不做出來的犧牲嗎？」

「——!?」

阿爾貝特提出的質疑，令伊芙僵住了。

「捨棄一，拯救九……有時候我們會被迫做出殘酷的選擇。可是依目前的戰況……我實在不認為局勢已經危急到必須對少數見死不救的階段。」

「就、就是說啊，伊芙。距離對方提出的時限還有時間。」

賽拉也開始附和。

「我們一起來想拯救所有人的方法吧？伊芙妳一定可以辦得到的……我們當然也會盡所能協助。葛倫也一樣……對吧？」

「……哼！這我可不敢保證！」

看到葛倫孩子氣地鬧起彆扭，賽拉不禁苦笑。

「……唔……」

見眾人都與自己唱反調，伊芙懊惱地握緊拳頭，低著頭悶不吭聲。

葛倫也就算了，連這支遠征部隊的主戰力阿爾貝特和賽拉都表態反對作戰，身為指揮官，伊芙實在掛不住面子。

「即便如此……即便如此，我……！」

指令已經下達了，伊芙也有長官的尊嚴要顧，情況早已覆水難收。

就在伊芙迫於無奈，打算動用長官權限，強行執行自己的作戰時——

「妳到底在焦急什麼？伊芙。」

「——!?」

阿爾貝特尖銳的質疑，刺進了伊芙胸口。

也順勢勾起了伊芙腦中某個如詛咒般，揮之不去的記憶——

——伊芙。這次的作戰……妳明白吧？

——絕不允許失敗。事關依庫奈特的名聲。

——要是不幸失敗，那妳——……

「……我、我……我……」

伊芙突然變得意志消沉。

她的表情平時總是充滿自信，如今卻充滿迷惘。

見伊芙這個模樣，阿爾貝特實在看不下去了，輕輕地嘆了一口氣說道：

「稍微去休息一下吧。妳平日事務繁重，精神已經很疲憊了。」

「是啊……太過疲勞的話，腦筋也會跟著變得不靈光喔……」

「我才沒有疲勞……！我很——」

「妳休息的這段期間，由我來指揮部隊。」

「我會繼續暗中調查奇洛姆的內部情況……後面就麻煩各位了。」

「嗯，瞭解。克里斯多福，你要小心喔？葛倫跟我一起離開吧。你也稍微休息一下。好嗎？」

「……呿……」

阿爾貝特等人七嘴八舌地各說各話，不等伊芙發表意見，便自行離開帳篷。

「等、等一下……！你們怎麼自作主張——」

部下們那目中無人的態度，讓伊芙忍不住又要情緒爆發。

不過，那股在她心中翻騰不已的怒火，在即將爆發的前一刻，便有如被吹熄的蠟燭般頓時冷卻。

「……什麼嘛……真是的……」

碰的一聲，伊芙在帳篷裡面的椅子坐了下來，趴在戰術會議桌上。

心情很沉重。現在的她不管在任何方面上都感到十分疲憊。

為什麼我的心情會變得如此糟糕？

伊芙有氣無力地趴在桌面上，思考到底是什麼原因，造成她心裡揮之不去的不快。

……不過不需要思考也知道，原因就顯而易見地擺在那裡。

「……葛倫……」

原因就出在那個男人——那個自始至終抱著『正義魔法使』這種幼稚理想的男人身上。

話雖如此，葛倫也並非蠢到完全看不清事實。

如果他真的是蠢材，伊芙大可徹底無視對方的存在，自己也不至於如此不快。

葛倫早就理解自身能力有限，也明白這個世上並不存在『正義魔法使』。他知道即便不斷努力朝著那個目標邁進，也永遠不會抵達終點。

然而，即便現實就擺在眼前，葛倫還是堅持不懈地朝著目標前進。

他堅守他所相信的正確信念。

每次一看到那樣的葛倫……

「……真火大……啊啊，看了就覺得礙眼……！」

伊芙的心中，就會有一股難以言狀的不快與焦躁油然而生。

「到底是怎麼一回事……!?為什麼每次我看到那傢伙，心情就會變得如此躁動……!?」

這不是生理上不合或無法接受的問題。

而是葛倫的某種特質，隨時都在搔刮伊芙的內心深處，製造令她覺得刺耳的聲音。

「我到底是看那傢伙的什麼地方不順眼……？」

伊芙疲憊地趴在桌面上，放空腦袋思考這個問題。

她順從疲憊的身心的渴望，享受著片刻的休息時光。

與此同時，伊芙漫無邊際地持續思索著——

——

——雖然有些唐突，請容我在這裡談起一件往事。

我的母親名字叫雪拉・迪斯托瑞。

她為人心地善良，又善盡母職……可是這一生卻過得十分淒涼。

母親出身自平民家庭。

她們家世世代代都是服侍依庫奈特家的傭人。

當年發生了什麼情況至今已不可考，總之，母親因為懷了我，不只失去了傭人的工作，甚至被逐出依庫奈特家。

因為我的緣故，母親再也不能在依庫奈特家的庇蔭下，過著安定的生活。

母親當年是不知世間險惡的年輕女子。她不具備學識，也沒有特別突出的專業技能。

無依無靠的她突然被放生到弱肉強食的社會，不難想像她踏上的是多麼艱難與困苦的人生道路。

可是，最難能可貴的是，母親從來沒有後悔生下我，也不曾漠視我、虐待我。

——呵呵，好乖、好乖喔……我的伊芙真的好可愛。

——謝謝妳誕生到這個世上。謝謝妳當我的女兒。

——我一定會保護妳……直到永遠……

——所以等妳長大之後，我們要一起玩喔……

……在我的記憶中，母親總是面帶笑容。

母親從來沒有怨天尤人，她找了工作，做為單親媽媽養育我長大。

不過，她只是個沒有學問也沒有一技之長的平民女孩——而且還是帶著孩子的單親媽媽，以這樣的條件能找到的工作有限，收入也非常微薄。

我們的生活過得十分貧苦，母親每天為了工作和育兒，蠟燭兩頭燒。

現在回首當年，說不定母親當時也曾經做過賣淫——這種無法跟還是兒童的我啟齒的工作。這一切都是為了我。

但對我而言，這樣的生活不能說是不幸。

即便我明顯是沉重的負擔，母親依然發自內心深愛著我。不辭辛勞養育我長大。

因為長期的操勞，母親變得體弱多病，可是她依然不改對我的溫柔。

那時候我雖然還很小，可是我下定決心總有一天要讓母親享清福，所以努力向學。

我跑去上附近教會為了服務社會所開設的學塾，日以繼夜地埋首苦讀。

所幸的是，我的資質似乎還算不錯，沒多久我便成了人們口中的天才和神童，陸續獲得各種獎學金和政府的補助。

『貴千金值得去上更好的學校』——我永遠忘不了母親聽到別人這麼說時，臉上所露出的表情。

彷彿自己才是那個出人頭地的人，母親喜極而泣，不斷地誇獎我好棒。

如此一來，母親應該可以過得比較輕鬆，生活也會稍微比較寬裕了。

沒錯，雖然以前都是母親在照顧我。

可是接下來換我好好照顧母親了——

一切都在好轉了。就在年幼的我燃起了這樣的希望時——

事情發生在我九歲的時候。

某個被帝國軍追緝的邪道魔術師，逃到我們母女所生活的貧民窟，和帝國軍魔導士們在街頭展開激戰。

很不幸的是，當時的我剛好在戰鬥現場。

生平第一次見識到駭人魔術的破壞力，我害怕得全身僵硬動彈不得。

不知道是誰施放的火焰咒文，變成流彈朝我射來——

——咳咳……抱歉……我沒辦法繼續陪伴伊芙了……

——對不起……我這母親真的很沒用……

——真的……很對不起……原諒像我這樣的母親……伊芙……

千鈞一髮之際，母親以肉身擋下攻擊，代替我死去了。

她的離開是發生得如此倉促又突然。

明明好日子還沒開始。好不容易一切才正要往好的方向改變。

我的母親為人心地善良，又善盡母職……可是這一生卻過得十分淒涼。

讓人看到一線希望之後才把人推下深淵，上帝未免也太殘酷了。

我的母親到底做錯了什麼？為什麼會碰上這種事？

她上輩子犯了什麼滔天大罪嗎？否則為什麼會落到這種下場？全部都是我的錯嗎？

如果我的母親跟一般人結婚生子的話，她應該可以過一般的幸福生活。她比任何人都值得獲得幸福。

都是因為意外生下我這個累贅，都是因為我拖累了她，她才會……

…………

我就是在那個時候遇見親生父親——亞賽爾・魯・依庫奈特的。

「妳就是伊芙……雪拉的女兒嗎？」

當我惶惶無措地愣在母親墓前落淚時，那名男子出現了。

至今我仍不知道，他是利用了依庫奈特獨有的情報網，還是其他管道，總之父親毫無預警地突然現身在我面前。

跟我一模一樣的髮色和眼珠顏色，以及氣質。或者說是某種更深層的特質。

血緣真的很不可思議。

他還沒開口說明，我一眼就看出來眼前這名男子是我的親生父親。

我不知道該為和父親的意外相逢感到高興，還是該怨恨拋棄了母親的這個人。

當年幼的我不知如何自處時，父親對母親這個雖然只能算是情婦，但好歹也曾經跟他有過一段情的女人的墓視若無睹，單方面地向我說道：

「我等依庫奈特家的繼承人，莉迪亞的妹妹——艾瑞絲『病死』了。現在我們正缺次任當主的『備胎』人選。」

「所以，看在妳身上好歹也流有依庫奈特血統的份上，我決定收養妳做為『備胎』。」

備胎。父親直接了當地向第一次見面的我如此說道。

後來父親更深入地說明，看來我身為魔導宗師依庫奈特的『備胎』，必須成為魔術師才行，而且我沒有說不的權力。

真好笑。原本就不多的父女相逢餘韻，就這樣被摧毀得一絲也不剩了。

「妳的名字叫伊芙是嗎？雖然遠不及莉迪亞，不過妳的魔力還算有一定程度。以備胎而言可以說是及格了。」

「那個笨拙又一無是處的雪拉，最後總算也發揮了一點用處。」

年幼的我當然對這樣的父親感到憤慨，想要反抗他。

可是我當時還只是九歲小女孩，沒有任何力量。

而且，我在那個當下所感到的哀傷，遠大於我對那個蠻橫的父親的憤怒。

原來心地善良，值得擁有幸福生活的母親，在父親眼中是那麼一文不值，這個殘酷的事實教我痛徹心腑。

（……等我成了優秀的魔術師之後，父親一定會對母親改觀……母親一定會成為他心中的特別存在……）

那只是小孩子毫無根據的天真想法。

可是對當時的我來說，那是唯一的浮木了。

追根究柢，九歲的小女孩根本沒什麼選擇。

拋下過去所有的一切。

不正經的魔術講師與追想日誌

Memory records of bastard magic instructor

從這一天起，我成了為依庫奈特而生的齒輪。

沒錯，這一刻起，我從伊芙・迪斯托瑞變成了伊芙・依庫奈特。

然後，時光飛逝——

——

阿爾扎諾帝國首都・帝都奧蘭多的郊外。

由五座巨塔組合而成的帝國宮廷魔導士團的總部——『業魔之塔』。

在附設於總部的帝國軍魔導士特別訓練場。

「《嘶吼吧火焰獅子》！」

少女的凜冽叫聲，響徹了寬闊的場地。

身穿全新魔導士禮服的紅髮少女往旁邊跳開的同時，唱出了咒文。

霎那，高速飛來的雷閃有驚無險地掠過少女的身體——

少女所擊發的灼熱火球，精準地命中了失手的對戰魔導士。

「咕哇啊啊啊啊啊——!?」

遭猛烈的爆炎直擊，魔導士飛到了半空中。

「到此為止！」

與此同時，看似教官的人物介入對戰，宣告這場模擬魔術戰結束。

「分數零比三！勝利者，伊芙・依庫奈特十騎長！」

「「「喔喔喔喔喔喔喔喔喔喔喔喔喔喔喔喔喔——!?」」」

在一旁繃緊神經觀看這場模擬魔術戰的軍隊魔導士們，異口同聲地發出了驚愕的大叫。

「真的假的!?不敢相信！連庫朗都被幹掉了!?」

「見鬼了！本來想給今年的新兵們一點下馬威，照這樣子看來，是我們要反過來被教訓了吧!?」

「那小女生真的是今年才剛從軍校畢業的菜鳥嗎!?」

「不愧是魔導武門的棟樑依庫奈特家……」

集眾人焦點與讚嘆於一身的少女——伊芙吁了一口氣後，拭去纏附在左手上的火焰魔力殘渣，行了一禮。

伊芙・依庫奈特，十四歲。

進入帝國軍士官候補學校就讀後，便努力不懈地奮發向上，徹底讓她原有的魔導才能開花結果。後來，她屢屢跳級，以史無前例的速度提早畢業。

畢業後，她立刻大張旗鼓地加入魔導士的精銳部隊，帝國宮廷魔導士團。

參加過無數的實戰任務，戰績輝煌的才女。
她那一路飛黃騰達的菁英之姿璀璨如錦，做為依庫奈特的活招牌當之無愧。
做為軍事訓練的一環，今天舉辦的是限定帝國宮廷魔導士團十八歲以下的年輕魔導士，才能參加的定期模擬魔術戰。
伊芙理所當然般地以壓倒性的實力過關斬將，拿下了第一名。
「嗚喔喔喔喔喔喔！我又輸了——！」
當伊芙在調整呼吸時，被燒成焦黑的魔導士走上前來。
頭髮染成金與紅兩種鮮豔的顏色，氣質一點也不像軍人的魔導士——正是剛才在對戰中被伊芙一招擊飛的對手。
「見鬼了，妳到底怎麼搞的!?為什麼年紀比我小，卻強成這樣!?」
「你也很強啊。庫朗・歐嘉姆十騎長。去年才從軍校畢業，現在已經爬到第三名了，不是嗎？」
「閉嘴，今年畢業的第一名！少說那種風涼話！」
快氣哭的庫朗向一臉傻眼的伊芙嗆道。
「我會努力修練變強，總有一天一定要打敗妳！給我等著，可惡！嗚喔喔喔喔喔！」
然後，流下男兒淚的庫朗，抽抽噎噎地跑走了。

「唉，這男的怎麼這麼煩人……」

伊芙嘆著氣目送庫朗離去。

不過，像庫朗・歐嘉姆這種個性坦然有話直說的男性，反而算是少見的存在。

寧可說——

「畜生……有沒有搞錯啊，依庫奈特……根本是犯規嘛……」

「出身自那種卑劣家族的人，為什麼氣焰那麼囂張啊……？」

「想要在這個世上混，果然是看家庭背景和才能……」

「……可惡……我已經失去幹勁了啦……」

在遠處觀戰的年輕魔導士們，多得是露骨地把偏執、嫉妒、嫌惡等負面情緒表現出來的人。

如果仔細觀察，那些乍看下好像對伊芙的表現讚美有加的人，絕大部分也對伊芙的壓倒性才能和力量心懷畏懼。

這怎麼可能。騙人的吧。這種小女生憑什麼。那些人隱約地流露出了諸如此類的情感。

不過，如果只是背地裡罵人和批評也就罷了。

伊芙早就習得如何無視這種程度的怨恨的處世之術。

問題在於——

「哼……妳的狀況還是一樣很不錯嘛，伊芙・依庫奈特。」

像這樣實際飄到身上的火花。

伊芙轉頭往聲音的來源一瞧，只見一名氣質陰沉，看起來神經兮兮的青年，朝她走了過來。

「想要鑽研魔術，在各方面都得花上不少錢投資才行。妳年紀這麼小，就能抵達那個領域，到底砸了多少錢呢？啊～啊～好羨慕依庫奈特家喔。」

青年在伊芙面前站定後，態度傲慢地挑釁伊芙。

「不惜使出各種骯髒的手段鬥走政敵，把所有人當作道具利用。不斷透過這種方式在帝國高層部作威作福的下流家族……用那種家族賺到的錢，習得強大力量的感覺如何？我猜妳一定覺得很爽對吧？啊啊？」

「里薩夫正騎士。有事嗎？」

伊芙淡淡地回答道，沒反駁里薩夫的挑釁。

「哈，沒有啊。我只是想讓躲在依庫奈特這把保護傘下，自以為高人一等的丫頭瞭解一下，這個社會不是那麼好混的。」

「用不著你費心。而且，別忘了我的官階是十騎長……是你的長官。注意一下你說話的口氣。」

「哼……勸妳講話別那麼囂張，妳這個溫室長大的丫頭。」

「如果你無的放矢地羞辱我們家族不夠，還要繼續騷擾我，那就別怪我採取行動囉？」

別以為我好欺負……伊芙反過來冷冷地恐嚇對方，結果——

「嘖……」

里薩夫自討沒趣地掉頭離開。

「別以為能一直狐假虎威下去……齷齪的一族。」

離去之際，他不忘撂下一句詛咒般的狠話。

「…………」

伊芙只是默默地目送里薩夫的背影離去。

依庫奈特公爵家是在帝國東部擁有大片領地的領地貴族。

不過，地位僅次於王家，在帝國政府擔任高官的依庫奈特公爵家當主，不可能永遠窩在自己的地盤忙著治理領地。

所以領地的治理工作便交給由一族共同推舉的代理領主，當主則移居到依庫奈特家所持有的帝都豪宅，每天執行勤務。

位於帝都的依庫奈特家豪宅書房。

「那又怎麼樣？」

坐在辦公桌前瀏覽資料的紅髮中年男性冷冰冰地如此說道，明明伊芙就站在他的眼前，可是他卻不肯抬頭看她一眼。

亞賽爾・魯・依庫奈特卿。

依庫奈特公爵家的現任當主，掌握軍中大權的人物。

在女王的圓桌會議占有一席之地，能在帝國軍內呼風喚雨的男人。

「在魔術模擬戰拿到了第一名？對依庫奈特來說那是理所當然的事情。妳專程跑到我面前，就是為了炫耀那種無聊的事情嗎？」

「不、不是的，父親大人……我只是……」

不需要對上視線，亞賽爾光憑自身散發的威壓感，就震懾住伊芙了。

「比起那種無謂的小事，關於妳從軍後所參與的恐怖組織討伐任務……我已經看過報告書了。」

「是、是的！那個時候，厄內斯特百騎長也對我使用長槍的技術，給予高度的評價——」

伊芙微微漲紅了臉，似乎期待著什麼。然而——

「妳在開玩笑嗎？真沒有志氣。」

聽了亞賽爾嗤之以鼻似的回應，伊芙不禁沉默了。

「獲得厄內斯特那種凡夫俗子的讚賞，有什麼好驕傲的？蠢材。」

「……嗚。」

「說起來，執行任務時，妳曾擅自放棄崗位對吧？那明顯是立下戰功的大好機會。可是妳卻眼睜睜地看著機會從眼前溜走。妳把這當兒戲嗎？」

「不、不是的，我怎麼敢……！而且那個時候，如果我不另外採取行動的話——」

「住口。不許頂嘴。」

亞賽爾冷冷地喝斥試圖解釋的伊芙。

「沒有意義的情感蒙蔽了妳的判斷力，導致妳忘記了原本的初衷。所以妳才是個三流角色。到底要到什麼時候，妳才會變成一流啊？唉……跟雪拉一樣蠢到無可救藥。」

「…………」

「即便只是備胎，妳好歹也是依庫奈特。不能拿血統不純當藉口。希望妳早日達到備胎應有的水準。」

「對、對不起，父親大人。我會繼續卯足全力，不斷改進提升自我，好讓自己成為足以背負依庫奈特之名的人才，不負父親大人的期待——」

「我對妳沒有半分期待。讓自己成為人上人本來就是妳應盡的義務。」

「……！」

看到亞賽爾拒人於千里之外的態度，伊芙哀傷地垂下頭。

「我言盡於此。趕快去做自己該做的事。」

「……遵命。」

留下這兩個字後。

心情跌到谷底的伊芙，沮喪地離開了亞賽爾的書房。

忙著處理文件的亞賽爾，自始至終沒抬頭瞧過伊芙一眼。

離開依庫奈特的帝都豪宅後，伊芙在返回軍方宿舍的路上陷入沉思。

（……我早就知道會是這樣。即便如此……）

嘆息聲自然而然地脫口而出。

伊芙早就料到即便自己去向亞賽爾報告模擬魔術戰的成績，大概也只會自討沒趣。

可是，她還是執意前去報告……因為她心裡終究存著一絲期待。

父親一定會認同我、誇獎我……就是這樣的期待。

（如果能獲得父親的認同……至少對他而言，母親的存在就會具有特殊意義。不然……母親也太可憐了……）

為了提升母親在父親心目中的地位，伊芙已經努力了五年。

可是這些年來，她看清的只有母親對父親而言真的是無足輕重的存在，以及自己只不過是推動依庫奈特這艘大船的主要結構的備用零件，這兩項事實。

（或許是該正視現實的時候了……）

自從被依庫奈特家收養之後，伊芙的煩惱和糾葛就沒有止盡。

亞賽爾與平民情婦生下的私生女……不只亞賽爾，純血貴族的依庫奈特一族所有人都對混有『紅血』的伊芙非常冷淡。

他們總是以最嚴苛的標準要求伊芙，只要伊芙稍有閃失，他們就會羞辱伊芙是蠢材、外來者；即便達成目標，也不會獲得任何讚美。只是把她當機械一樣，提出下一個要求。

一般人聽到貴族兩個字所聯想到的奢華生活，伊芙根本不曾體驗過，她身處的世界是令她快要窒息、生不如死的地獄。

經過這五年的折磨，伊芙還能頂天立地地站著，沒有被這股巨大的壓力擊垮，已經實屬奇蹟了。

（不對……這不是奇蹟。我之所以還能做我自己，都要歸功於那個人……要不是有那個人在依庫奈特家，我連一秒都待不下去……）

伊芙的腦海裡蹦出了這個念頭。

如此心想的瞬間，她突然好想見那個人一面。

（……我記得……那個人目前應該正在北方邊境掃蕩魔獸……按照預定，應該今天就會回到帝都了……）

伊芙心不在焉地想著這種不著邊際的事情，走在路上。這時——

「猜猜我是誰～!?」

耳裡傳來耍俏皮聲音的同時，伊芙的眼前突然一片漆黑。

鬼鬼祟祟從後面接近的某人，把手伸到前面，遮住了伊芙的眼睛。

這情況非比尋常。

雖然伊芙還很年輕，可是她是同儕裡無人能出其右的精銳魔導士。即便是軍隊一線級的魔導士，也很難在不被她察覺的情況下靠近她背後。

所以，能做出這種事情的只有一個人。

「莉、莉迪亞姊姊!?」

伊芙甩開遮住她雙眼的手，猛然回頭。

「呵呵，好久不見了，伊芙。過得還好嗎？」

出現在她眼前的，是個身穿宮廷魔導士團特務分室禮服的少女。

年紀約莫二十歲上下。隨風搖曳的頭髮是清透明亮的鮮豔紅色。紫炎色的眼眸帶著溫柔的氣息。在和煦陽光的照射下，她的頭髮和眼睛都閃閃發亮。

那張精緻的臉龐有著和伊芙十分相像的神韻，一看就看得出來兩人有血緣關係，可是和給人冷酷印象的伊芙相反，她有一種賢妻良母的氣質，感覺容易親近多了。

如果說伊芙擁有女武神般的美貌，那麼這名女子就是大地之母了。

一如為眾人指引道路的火焰，這名年輕女子，名叫莉迪亞・依庫奈特。

菁英中的菁英，官拜帝國宮廷魔導士團特務分室的室長暨執行官代號1《魔術師》的超一流魔導士，依庫奈特的正統繼承人。

她和伊芙是同父異母的姊妹。

「姊姊……我說過很多次了，拜託不要再消除氣息玩『猜猜我是誰』的遊戲了。」

「有什麼關係。我們是姊妹耶，肌膚之親一下又沒關係。」

「唉……姊姊一點都沒變。話說回來，妳完成任務回來啦。」

「是啊，我才剛去跟長官報告。嗯～好～累～喔～」

莉迪亞懶散地伸了個懶腰。

伊芙以輕描淡寫的語氣，照本宣科地慰勞莉迪亞。

「照這樣子看來，任務應該是順利完成了。見到姊姊大人平安無事地歸來，我由衷感到喜——」

然而。

「啊，對了對了。伊芙，妳現在有空嗎？」

莉迪亞不讓伊芙一板一眼地繼續說下去，語帶俏皮地問道。

「……咦？不，我等一下還有自主訓練要——」

「報告完之後，我今天就沒事了。伊芙，陪我一下好嗎？」

「不、不行啦，所以說我等一下還要——……」

「好了啦好了啦，我們姊妹好久沒聚在一起了！那麼，我們立刻去帝都最繁華的大街逛逛吧！」

「姊、姊姊!?」

莉迪亞不由分說硬拉著伊芙的手臂往前走。

伊芙無可奈何，只能硬著頭皮配合她——

「天啊，好好吃……我早就想吃吃看那間店新推出的可麗餅了。」

「…………」

伊芙與莉迪亞兩人走在帝都車水馬龍的熱鬧大街上。

剛才在莉迪亞的強烈提議下，兩人在路邊攤買了兩份可麗餅邊走邊吃。

「對不對？那間店的可麗餅很好吃吧？」

「呃……還不錯啦……」

伊芙畢竟也是女孩子。

煎得香噴噴的餅皮，搭配上甜度適當的奶油和五彩繽紛的大量水果，如果是平常的話，伊芙也會覺得這樣的可麗餅是人間美味。

然而，現在的伊芙和莉迪亞都身穿軍服，還在人來人往的地方邊走邊吃。

一想到要是被依庫奈特家的人撞見這種不成體統的場面，伊芙就心情焦慮，完全嚐不出可麗餅的滋味。

「啊啊～終於重新活過來了～♪話說回來，軍隊的攜帶糧食為什麼可以做得那麼難吃啊？餐點好不好吃會直接影響到士氣吧，伊芙妳覺得呢？」

「……軍用糧食只要能保障士兵攝取到足以持續戰鬥的能量就好，味道不是重點……」

「唉～～從妳這死腦筋的回答聽來，等妳哪天出嫁就辛苦了……」

「用、用不著多管閒事啦!?」

兩人想到什麼就聊什麼，漫無目的地並肩信步而行。

「啊，妳看這個飾品好可愛喔！應該很適合妳吧，伊芙。」

「我這種跟可愛無緣的女人，才不適合那種東西。」

有時候停在路邊攤前面對商品評頭論足……

「啊哈哈哈哈！剛才那個好好笑喔！欸欸，妳有看到嗎!?想不到一開始的南瓜居然設有那樣的機關呢！噗呼呼呼。」

「那個……我完全不懂笑點在哪。」

有時候打賞街頭藝人的精采表演……

「嗚哇，這套衣服好棒喔！好可愛，好想要，真想穿穿看啊。」

「姊姊，妳也稍微思考一下自己的年齡吧？妳已經不適合那種滿是蕾絲的少女服裝了……」

「哎呀，是這樣嗎？所以說這套衣服很適合伊芙囉？好，我買下來送給妳！」

「我才不要！」

「好了，快點去試穿看看吧，伊芙！」

「請妳不要自說自話啦!?」

有時候伊芙會在服飾店裡成為莉迪亞的芭比娃娃……

姊妹一起度過的時光，就這樣緩緩地過去了。

基本上，伊芙只能被個性婉約，但也有強硬一面的莉迪亞牽著鼻子走……不過，這種時光能帶給伊芙平靜的心情，也是千真萬確的。

平常總是像鋼鐵一樣繃緊得喘不過氣來的心，只有在這種時候，才會如融雪般漸漸放鬆。

個性開朗喜歡社交的莉迪亞，和個性陰沉愛耍孤僻的伊芙興趣截然不同，也沒什麼共通的話題。

可是，在所有人都把伊芙當『外來者』，冷落她、瞧不起她的依庫奈特家族裡，唯獨莉迪亞身邊是伊芙可以放鬆精神的地方。

「……怎麼了，伊芙？」

伊芙回過神來，發現莉迪亞正探頭窺看著她的臉。

「妳怎麼在發呆？有什麼心事嗎？」

「不、不……沒有啦。」

看來伊芙因為腦袋太過放鬆的關係，以至於恍神沒聽見姊姊剛才說了什麼。

開心的時光不知不覺間劃下句點，兩人正踏上返回軍隊宿舍的歸途。

太陽開始西下，街道漸漸被染上一層暮色。

腳下的影子伸得長長的，在前方引導著兩人。

「……不、不好意思，姊姊。我稍微有點恍神了。呃……我們剛才在聊什麼話題？」

聞言。

「呵呵，我們在聊我可愛的伊芙大展身手的事情呀。」

莉迪亞並沒有因此生氣，笑嘻嘻地回答。

「……我大展身手？有嗎？到底是哪件事情……」

「我已經聽說了。今天不是舉辦了限定未成年參加的慣例魔術模擬戰嗎？伊芙妳以壓倒性的差距摘下了第一名寶座，對吧？」

「！」

莉迪亞提起先前被父親嗤之以鼻的話題。伊芙因此想起不好的回憶。

沒想到莉迪亞會提這件事，伊芙頓時渾身僵硬。

「……是的。我在家族雖然沒有地位，不過好歹也是背負著依庫奈特之名的人。為了拿出不負家名的成績，我卯足全力。不過，那終究只是一場模擬戰。贏了這種比賽，也稱不上名譽……」

「明明就很了不起啊。」

不等伊芙表示謙虛，莉迪亞便開心地搶先如此說道，彷彿拿到第一名的人是自己。

「伊芙，妳才十四歲對吧？而且是今年剛入團的新人。但妳卻能在精英雲集的魔導士團內大殺四方，這可不是那麼簡單的事情喔。」

「……啊……那、那個……我……」

「就連我也是十五歲以後才入團的呢。伊芙妳真的很棒。說不定以後會成為比我還傑出的魔導士喔。」

在依庫奈特家族裡，幾乎沒有人稱讚過伊芙。

伊芙也很期待自己能獲得姊姊的讚美，不過實際獲得讚美後，她又忍不住臉紅心跳，內心波濤洶湧。

「如果雪拉伯母……妳的母親現在還活著的話……她看到伊芙現在這麼了不起的模樣，一定也會很開心的……」

「！」

莉迪亞說者無心，卻讓伊芙壓抑許久的情感終於潰堤。

再加上和莉迪亞相處時精神放鬆，所以一旦宣洩，內心充沛的情感更是一發不可收拾。

伊芙走到一半突然停下腳步。

莉迪亞回頭望向伊芙。

「……怎麼了？伊芙……妳在哭嗎？」

「不，那個……」

「啊，抱歉……我是不是說了什麼讓妳不開心的話？」

「不、不是，不是這樣的……」

淚水盈滿了眼眶，伊芙用手遮住眼睛，把頭別向一旁。

愈是想要壓抑，感情的波動愈是劇烈，眼眶漸漸熱了起來。

「對不起……我現在心情有點混亂……可是我已經很努力在壓抑了……就是因為我這麼軟弱，所以才會被父親嫌棄是三流……」

「……伊芙……」

莉迪亞收起笑容端詳著伊芙……

「乖，乖。」

半晌後，莉迪亞面露溫和的笑容，溫柔地摸了摸伊芙的頭。

「伊芙妳一直都很努力……至少我看得出來……所以不要難過了。」

「……姊姊……」

於是。

彷彿要避人耳目，莉迪亞牽著伊芙移動到其他地方。

莉迪亞牽著伊芙，來到位在『業魔之塔』外圍的丘陵。

這裡有一大塊微微隆起的草原，偶爾會充當魔導士的訓練場使用。

被夕陽染成了火紅色的天空和地平線，金光閃閃的雲朵。

在涼爽舒適的徐風吹拂下，草原起伏如浪。

伊芙和莉迪亞就並肩坐在這塊丘陵的斜坡上。

「我們家規矩很嚴格，對吧？待在那裡感覺都快窒息了……我也能感同身受。」

莉迪亞一邊用手按住隨風搖曳擺動的頭髮，一邊凝視著遠方。

「不過不用擔心，妳有我在呀。我會站在妳這邊的，伊芙。」

「姊姊……」

伊芙偷偷瞥了莉迪亞的臉龐一眼。

每次這麼做，伊芙都有一種不可思議的感覺。

莉迪亞跟伊芙的親生母親雪拉明明沒有血緣關係，可是不知何故，伊芙總覺得兩人有些神似。

所以伊芙不覺得莉迪亞是外人。

唯一能讓伊芙卸下心防的人，就是莉迪亞。

或許是因為擁有依庫奈特家族罕見的開朗活潑氣質，莉迪亞也把五年前才突然來到家中的伊芙，當作自己的親生妹妹呵護。

「怎麼了？伊芙。我的臉上有沾到東西嗎？」

伊芙身上流著平民血統，卻置身在依庫奈特這個魔窟之中。

即便經常受到嚴苛的對待，伊芙還是緊咬牙關撐了下來，這一切都要感謝莉迪亞。

「不，我只是在想……我能有今天，都是姊姊的功勞……姊姊今天之所以帶我出門四處散心……一定也是因為怕我累積太多壓力吧……所以，那個……謝、謝謝……」

話雖如此，伊芙天生就不坦率。

所以後面向莉迪亞道謝的話，全都支支吾吾地黏在一起了。

不過莉迪亞似乎完全可以體諒她的個性，臉上還是笑盈盈的。

莉迪亞對每個人都是這樣。

不只是伊芙。不管是誰，只要跟莉迪亞待在一起，心情就會自然變得平靜放鬆。

因為一言難盡的原因，依庫奈特一族在帝國軍內被眾人視為眼中釘，唯獨莉迪亞能讓大多數人另眼相待。

所以伊芙一直對某件事感到很不可思議。

「……那個……姊姊……」

「什麼事？伊芙。」

「有一件無關的事想請教妳……為什麼……姊姊妳要對我這樣的人……那麼親切呢？」

「因為妳是我可愛的妹妹呀。」

莉迪亞一臉訝異，像是很意外伊芙為何會問出這種理所當然的問題。

伊芙心想，看來太過迂迴無法傳達自己的意思呢。

伊芙察覺到莉迪亞心中的納悶，試著用更為直白的說法切入核心。

「因為……姊姊妳也知道我是『外來者』……所以依庫奈特一族的人都對我……」

「…………」

聽到伊芙這麼說，莉迪亞微微板起面孔。

「可是姊姊跟其他族人不一樣……明明妳是純血的依庫奈特……怎麼說呢……卻跟其他依庫奈特的人一點都不像……」

沒錯。

莉迪亞・依庫奈特。

明明她生在執著名譽與權勢，擁抱古典貴族主義的依庫奈特家，卻是個尊崇正直與善良的異類。

而且莉迪亞是伊芙遠遠比不上的成熟魔術師和軍人，不管被交辦什麼任務，都能拿出無可挑剔的成績。

就連父親亞賽爾也敬她的能力三分，對她那奔放不羈的行為睜一隻眼閉一隻眼。

為什麼這樣的人物會留在依庫奈特家？伊芙長久以來都抱著這樣的疑問。

「……呵呵，一點也不像依庫奈特……嗎？妳有這種感覺？」

不知何故。

莉迪亞露出看似有些哀傷的微笑。

「啊！對……對不起！是我太冒失了，竟然說了這麼沒禮貌的話──」

伊芙發現自己說錯話，連忙惶恐地道歉。

基本上伊芙總是獨來獨往，沒有任何朋友。

她打從心底討厭自己這種不懂得察言觀色的地方。

可是……

「不，不是這樣的，我沒有生氣。」

莉迪亞溫柔地搖頭說道。

「欸，伊芙。妳知道依庫奈特這個名字所代表的真正意涵嗎？」

「依庫奈特這名字所代表的意涵……嗎？」

莉迪亞唐突地轉移話題，伊芙不禁一頭霧水。

而且這個問題也太莫名其妙了。伊芙從來沒想過家名有什麼意義，這五年來也沒任何人跟她提過這件事。

「我很尊敬祖父。」

莉迪亞口中的祖父，指的就是亞賽爾的親生父親。

「祖父大人嗎？可惜我從來沒見過他。」

「因為在妳來到我們家以前，祖父就病逝了……總之，這個名字所代表的意義就是他告訴我的。」

莉迪亞舉頭仰望著佈滿了晚霞的天空說道。

「依庫奈特是帝國魔導武門的棟樑。換言之，依庫奈特必須成為帝國所有魔導士的表率，肩負強者的義務。依庫奈特是保護弱勢人民的真正魔導士，同時也是推崇正義的真正貴族。以崇高的魔導燈火驅散黑暗，在前方幫芸芸眾生照耀道路指引方向的人……這就是《紅焰公》依庫奈特。這才是這個名字所代表的尊貴意涵。」

「……什麼？原來依庫奈特有這樣的意義存在……？」

聽完莉迪亞的說明後，伊芙啞口無言。

因為莉迪亞所描述的依庫奈特的理想姿態，跟伊芙認知中的風格完全沾不上邊。

「喂喂，伊芙。不要露出那種表情嘛……雖然我可以體會妳的心情。」

「啊。抱。抱歉……」

莉迪亞露出看似有些落寞的微笑繼續說道：

「一如妳所觀察到的，現在已經沒有人把這條家訓放在心上了。最近的依庫奈特早已忘了本分，一心只想擴張權勢，陷入了醜陋的權力鬥爭中……」

「……妳指的是父親大人嗎？」

「沒錯，其他族人也半斤八兩，可是父親大人特別嚴重。」

莉迪亞的視線投向了遠方。

「祖父大人身處在這樣的家族中，卻努力想要實踐依庫奈特這個名字所代表的意義，簡直就像個異類……他生前經常跟父親大人爆發口角。看到依庫奈特如今變得如此墮落，祖父大人比誰都還要惋惜不捨。」

「…………」

「祖父大人突然病逝後，父親大人正式執掌整個依庫奈特家族……這個家也就從此徹底變了。

不能否認，在父親大人的強勢政治操作下，家族的權勢提升到了祖父大人那一代無法相提並論的境界。即便如此……我還是比較喜歡祖父大人口中的依庫奈特風格。」

「姊姊……」

莉迪亞眺望著遠方，眼神像是在懷念某種一去不復返的事物。

伊芙也不曉得該跟抱著這般惆悵的莉迪亞說些什麼才好。這時——

「……找了半天，原來妳在這種地方啊，伊芙。」

沙！

不知不覺間，不只一個人的氣息出現在伊芙和莉迪亞四周。

仔細一瞧，有五名魔導士同袍帶著劍拔弩張的氣息，包圍住兩人。

這些人是白天在模擬戰輸給伊芙的手下敗將。

「……找我妹妹有什麼事嗎？」

莉迪亞起身保護伊芙，用眼角餘光打量四周。

「不，也沒什麼啦……我們只不過是想邀伊芙參加『模擬魔術戰』罷了。」

疑似是首領的男子，面露猥瑣的笑容大放厥詞。

「……模擬戰……？」

「簡單地說，你們依庫奈特最近有點太過囂張了。」

「隨心所欲地在軍隊呼風喚雨……公爵家有那麼了不起啊？」

「別以為大家都能一直容忍那種跋扈的行為……！」

男子們你一言我一語地說道後，伊芙氣憤地駁斥道：

「等一下！說穿了這不就是私鬥嗎！」

「啊啊？怎麼會是私鬥呢？這可是有照規矩跟軍方高層提出申請的『模擬戰』喔？不信妳看，資料都在這。」

帶頭的男子一臉得意地掏出文件。

「怎麼可能……我不記得自己有同意簽過這種文件！那根本是捏造的吧!?」

「少囉嗦！總之快點跟我們走！妳沒有拒絕的權力！」

「沒錯，沒錯！老實一點！」

面對七嘴八舌地起鬨的五名魔導士，伊芙悔恨地抿住了嘴唇。

接下來會發生什麼情況可想而知。

這五個人八成只是想假借模擬戰的名義，對伊芙進行五對一的私刑。

他們之所以刻意針對伊芙，大概是基於專挑軟柿子吃的小人心理，他們認為伊芙是外來者，依庫奈特公爵事後應該不至於會替她報復或討公道。

而且這五名魔導士，在年輕一輩中都屬於頂尖好手。

一對一單挑的話，伊芙不會輸給他們……但她不可能一次面對五個。

伊芙面臨八方受敵的困境。

避戰的話，回去也只會被父親痛罵臨陣脫逃的表現是依庫奈特之恥；可是硬著頭皮上陣，輸了回去一樣會被父親罵到狗血淋頭。進退無路。

伊芙做好覺悟，準備隨著五人離開。這時——

「慢著。我要沒收這場模擬戰。這是長官命令。」

莉迪亞伸手制止了伊芙。

「你們所有人立刻乖乖離開，不許騷擾我妹妹。」

「莉、莉迪亞姊姊……」

莉迪亞一改平常親和力十足的形象，板起了女武神般的威武面孔。

即便身處在這種危急的狀況，看到姊姊仗義執言的模樣，伊芙還是忍不住陶醉地屏住呼吸。

「什、什麼意思啊，莉迪亞百騎長……妳沒有資格插手管這件事情吧……」

「就是說啊！這是有獲得高層許可的正式模擬戰——」

「去吃屎吧。」

莉迪亞對五名魔導士的荒謬說法付之一笑。

「我絕不允許有人動手欺負我妹妹。如果你們堅持非打不可，我來當你們的對手。」

看到莉迪亞表現得如此盛氣凌人，五名魔導士都愣住了。

「什麼？不、不可以啦……我們沒有取得跟妳打模擬戰的許可……」

「沒錯。現在跟妳交手的話就真的變成私鬥了，這是違反軍紀的行為。而且即便是妳，也不可能在各方面都全身而退……這樣妳也無所謂嗎!?」

「我一點都不介意。」

莉迪亞攏起頭髮，一派輕鬆地說道。

「不然，我向自己設下『我會跟高層報告，是我主動跟你們挑起私鬥』這條制約總行了吧。」

如是說後，莉迪亞當著一臉錯愕的其他人的面，自顧自地唱起咒文，向自己施放制約之咒。

術式本身確實是正確的，換言之，除非莉迪亞履行契約，否則無法解除咒術。

如果沒有履行契約，莉迪亞將會因為詛咒，受到難以承受的痛苦折磨。

「真、真的假的……？」

「等、等一下，姊姊……!?」

伊芙連忙揪住莉迪亞不放。

「妳瞭解事情的嚴重性嗎!?這麼做的話，姊姊妳的立場會——」

然而，莉迪亞只是輕聲一笑。

「我可愛的妹妹遭遇危機，現在還顧得了自己的立場和家族的名譽嗎？」

「姊、姊……？」

「我會保護妳……不管發生什麼事，一定都會保護妳。」

莉迪亞的口氣中蘊藏了強烈的意志，伊芙不禁啞口無言。

「無論何時，我都堅持我所相信的正確道路。因為……我是依庫奈特啊。」

接著，莉迪亞的口氣中蘊藏了強烈的意志，伊芙不禁啞口無言。

「嗚……看來我們整個被瞧扁了呢……！」

被莉迪亞那堅定不移的姿態震懾住的魔導士們，就像要掩飾心中的畏懼般，惱羞成怒了起來。

「就算妳是莉迪亞百騎長，妳有自信打得贏我們五個嗎!?」

「讓妳瞧瞧我們的厲害！」

於是，魔導士們同時唱起咒文。

莉迪亞從容不迫地抖擻長袍擺出架式。

四周的魔力濃度開始向上爆衝——

然後——

「欸，伊芙……有件事我必須告訴妳。」

莉迪亞以優雅的姿態拍落散落在身上的美麗火花後，突然板起了臉。

剛才那五名魔導士，全都倒在她的腳邊。

莉迪亞以最低限度的燒傷和衝擊，便俐落地奪走了他們的意識。

剛剛呈現在伊芙面前的，是一場由美麗動人的炎之舞者所演出的優雅演舞。

整個過程簡直是單方面的屠殺，就連輾壓兩個字亦不足以形容。

「什、什麼事呢……？」

看到姊姊在實力上展現出的懸殊差距，讓伊芙受到了震撼教育，一愣一愣地回答。

然而，莉迪亞接下來所說的話，讓腦袋一片空白的伊芙瞬間驚醒。

「依庫奈特家……勢必會在不久的將來滅亡。」

「！」

伊芙感覺腦袋好像挨了一記悶棍，忍不住進一步逼問莉迪亞。

「這怎麼可能……姊姊，為什麼妳會這麼說？」

莉迪亞露出哀痛的視線，回答伊芙：

「父親大人他……樹立太多敵人了。妳也感覺得到吧？眾人對我們家族的不滿與憎恨，已經強烈到促使他們做出今天這種荒唐的事了。」

莉迪亞低頭看了倒在腳邊的那五名魔導士一眼。

「不能否認，有不少人因為我們搶盡鋒頭的表現，而把依庫奈特視為英雄。相對的，對行事風格強硬的我們懷恨在心的人，也同樣不在少數。

當然，我相信現在還是有很多人會站在依庫奈特這邊……可是那些人不過只是想攀附依庫奈特這個名字。因為只要適當地阿諛奉承，當個唯唯諾諾的應聲蟲，就有好處可以拿，所以他們現在才會支持我們。不過只是如此……」

「…………」

「伊芙，妳要小心父親大人。他是個危險人物。除了那無底洞般的野心以外，他的眼中容不下一粒沙，沒有任何人事物是他無法捨棄的……就連艾瑞絲也不例外。」

「……艾瑞絲？」

莉迪亞意外提起一個伊芙覺得有些耳熟的名字。

伊芙記得艾瑞絲是莉迪亞的親生妹妹，可是伊芙在被帶進依庫奈特家之前，艾瑞絲就染上流行病去世了。

「艾瑞絲她……怎麼了嗎？」

莉迪亞沒有正面回答伊芙的問題。

「我有一種預感……那些過去被父親大人棄如敝屣的人事物，未來一定會回過頭來反噬父親大人……我們整個依庫奈特家族也勢必難逃一劫。」

莉迪亞語重心長，從她的眼神和口吻中，感覺得出她對自己的預測深信不疑。

伊芙茫然地愣在原地，什麼話也沒說。

「不過，我絕不會讓這種事情發生的，伊芙。」

莉迪亞接著用充滿了決心的語氣表示。

「姊姊……？」

「伊芙，我相信依庫奈特。我相信依庫奈特這個名字所代表的真正意涵。總有一天，我一定要讓早已被大家遺忘的依庫奈特的正義與理想重新復活。」

語畢，莉迪亞筆直地注視著猛眨眼睛的伊芙。

「伊芙……妳願意幫助我嗎？」

「把我的力量借給姊姊……？」

莉迪亞的意外提議，讓伊芙不敢置信地眨了眨眼。

「那、那怎麼可能……就憑我怎麼有能力幫得上姊姊……」

莉迪亞以溫柔的口吻，反問妄自菲薄的伊芙。

「上次出任務時……妳放棄了立下戰功的機會，對吧？為什麼？」

「因為……那時候有一對母子來不及逃走……我實在無法丟下他們不管……」

或許是因為那對母子的身影，跟當年碰上無妄之災的自己與母親重疊在一起的關係吧。

「不過我也因此錯失了可以建功的機會，未能完成依庫奈特的任務……」

一想起在那之後自己被父親罵到狗血淋頭，伊芙立刻臉色一沉。

見伊芙陷入自責的情緒，莉迪亞溫柔地摸了摸她的頭，安慰她：

「這樣的妳也沒什麼不好啊，伊芙。」

「！」

「妳非常溫柔善良，即便在攸關自身性命的戰場上，也能不吝展現對他人的關懷……妳是我們依庫奈特的希望。」

「姊、姊姊……」

「只要有這樣的妳陪在身旁……我就有信心改革依庫奈特。妳願意把妳的力量借給我嗎？伊芙……雖然我是個看到妹妹陷入危機，就會不經大腦思考，衝動行事的魯莽姊姊啦……」

莉迪亞面露苦笑，靦腆地說道。

伊芙不確定自己是否如莉迪亞所言的那麼具有影響力。

不過，其他人也就罷了，既然莉迪亞都說到這個份上了，伊芙的答案只有一個。

因為對伊芙來說，莉迪亞正是她嚮往成為的理想魔導士。

「瞭解！我要成為像姊姊一樣了不起的魔導士！然後，總有一天我要當姊姊的得力助手！

請讓我助姊姊一臂之力！」

「……伊芙，謝謝妳。祖父大人在天之靈，一定也會感到很欣慰的。」

莉迪亞說完，又摸了摸伊芙的頭。

「好了，現在我得好好思考，該怎麼向父親大人說明這個狀況了。」

「啊、啊哈哈……我說姊姊妳啊……」

就這樣。

兩人聊著這些事，感情和睦地踏上歸途。

——

「伊芙。我想把這件任務交給妳負責。」

聽到亞賽爾這席話，伊芙一度懷疑是自己聽錯了。

軍務纏身的伊芙每天都忙得昏天暗地。某天……

伊芙應亞賽爾的傳喚，來到帝國宮廷魔導士團的司令室。

不知道又要被說什麼，他是不是又要跟自己說教了？

懷著七上八下的心情來到司令室後，伊芙接到了令她大吃一驚的消息。

「咦？由我負責……嗎？父親大人。」

「同樣的話不要讓我重複第二次。」

亞賽爾哼了一聲。

「有七名軍方魔導士從帝國軍叛逃，企圖跟反政府組織會合……妳的任務就是將他們逮捕歸案，或是當場誅殺。」

「…………」

「由妳決定部隊編成，然後設法達成我交付的使命……妳做得到嗎？」

過去伊芙都是在他人的指揮下執行任務。

所以這次將是伊芙第一次擔任指揮官率領部隊出任務。

而且，這類的任務通常都是經由直屬上司指派，然而這次卻是由帝國軍最高司令官亞賽爾・魯・依庫奈特卿當面下令。

伊芙首度碰上這種事態。

（難道說，父親大人稍微認同我的能力了……？）

產生這種感覺的伊芙，二話不說地馬上同意。

「是、是的！我必不負所托！」

「唔……我會拭目以待。」

「！是的！」

第一次聽到父親表示對她抱有期待，伊芙忍不住把驚訝寫在臉上。

如果能在這次的任務中交出漂亮的成績單，或許就能提升母親雪拉在他心目中的地位了。加油啊。

一股彷彿全身在燃燒的強烈使命感油然而生。此時……

「……請容我說句話。父親大人。」

有人跳出來潑了一盆冷水。那個人就是莉迪亞。

同時來到下達命令的現場，默默地站在房間一角的莉迪亞，突然開口發表意見。

「這件任務對伊芙來說可能還太早了。」

「……姊姊？」

莉迪亞像是在保護困惑不已的伊芙，上前向亞賽爾提出建言。

「這次從帝國軍叛逃的那七名魔導士……所有人的魔導士階級都落在B級到C級之間。換句話說，他們都是實戰經驗豐富的一線魔導士。」

「那又怎麼樣？」

「伊芙的實力雖然有A級，可是她是缺乏歷練的新人。實戰經驗不足是顯而易見的事實。私以為這案件應該交給資深魔導士比較妥當。」

「…………」

「這案件甚至不該交給一般魔導士，應該讓我們特務分室處理才對。由室長本人我親自出馬殲滅那些叛徒——」

「不行。」

亞賽爾斷然否決了莉迪亞的建言。

「妳手邊還有正在進行的案件吧？那才是妳該優先完成的工作。」

「可、可是……！追殺我軍這種沉重的任務，對還只是新人的伊芙來說——」

「她是依庫奈特，這種程度的任務有什麼困難的？追根究柢，解決叛徒天經地義，有什麼好沉重的？我實在無法理解。」

「問、問題是……」

亞賽爾冷冷地否決了不肯罷休的莉迪亞。

「我的女兒莉迪亞啊。妳確實很優秀。年紀輕輕就晉升到S級，即便任務再怎麼艱難，妳也總是能完美無缺地達成使命，甚至拿出超乎我期待的表現。

正因為妳優秀到無可挑剔，所以我才願意稍微容忍妳那有些奔放不羈的個性……就連妳前陣子闖禍，我也只要妳簡單寫個報告就好了……妳懂我的意思嗎？」

「……!?」

「但是，倘若妳老是要對我這個長官、依庫奈特家當主的命令和決定唱反調……執意要違背我的期待……即便我再怎麼賞識妳，也不會跟妳客氣了喔？」

「……嗚……這、這……」

亞賽爾難得對莉迪亞動怒，莉迪亞不禁啞然失色。

「……！」

眼看姊姊的地位可能受到動搖，伊芙便心神不寧。

不管父親有多討厭身為外來者的自己都無妨，唯獨姊姊的地位不能被動搖。

姊姊是未來將為依庫奈特帶來新氣象的改革者。她是依庫奈特的希望。

況且姊姊是為了保護自己這種人才槓上父親，這更是教伊芙無法忍氣吞聲。

「沒、沒關係啦，姊姊！這案件就放心交給我吧！」

所以伊芙反射性地做出這種宣言。

「我一定會順利殲滅軍隊的背叛者的！」

「……伊芙……妳確定嗎？千萬不要勉強自己。」

坦白說，這任務確實強人所難。

伊芙一點也不想承擔這種過於沉重的任務。

即便如此。

「……不用擔心。我絕對會帶好消息回來的。」

伊芙還是選擇把那些情緒都壓抑下來。

她下定決心，首次擔任指揮官率隊出擊，只為回應父親的期待。

就這樣。

生平第一次擔任隊長的伊芙，組了一支魔導士小隊，率隊出擊。

她發揮連資深魔導士也自嘆弗如的高超能力，追查叛逃的魔導士行蹤，順利找到他們所藏身的秘密據點。

接著，她不敢大意，持續搜集詳細的情報，審慎地構思殲滅作戰的細節。

然後──

從軍隊叛逃的七名叛徒，就窩藏在位於國境邊界上的某座堡壘。

伊芙所率領的魔導士小隊最後設營的位置，位於離那座堡壘不遠的地方。

「──根據以上的戰力分析，首先由γ小隊前去解除設置在敵陣內的防衛結界和魔術陷阱。解除之後，由α小隊從背面發動攻勢聲東擊西。十五秒過後，β小隊再從正面突入。從我們掌握到的敵方配置和戰力來看……你們很可能會在這張戰術地圖的這個位置，跟敵方爆發近距離魔術戰。

此時你們要表面上看似大舉進攻，實則展開能動防禦。到此為止的目的，都是為了調虎離山。

等到敵方的戰力差不多都集中在此處，主力部隊……由我率領的Δ小隊，將以迅雷不及掩耳的速度從地下的秘密通道殺出來攻擊背後，一舉壓制敵方。

請所有人透過時鐘魔術，跟其他人的意識內時鐘校時。」

在召開作戰會議的帳篷內，伊芙向她眼前的魔導士們，進行出擊前的最終簡報。

伊芙眼前的這群魔導士隊伍，是以軍中的年輕一輩為中心，透過選拔和自願報名的方式，篩選編製而成的隊伍。

個個都是實戰經驗豐富且能力出眾的高手。

不過，即便是這般身經百戰的猛者……

「……厲害。我從來沒想過原來還有這種戰術……」

「順利的話……我們應該可以全身而退吧。我開始同情對手了。」

「這就是依庫奈特的本領嗎……」

看到伊芙所提出的作戰後，他們也不禁嘖嘖稱讚，早已忘了今天率領他們的只是一個比他們還年輕的小女生。

「以上就是整個作戰的流程。若有任何問題請舉手發問。」

現場鴉雀無聲。

作戰本身確實天衣無縫。

所以——有人會提出另類的問題也就不意外了。

「……請說。謝克斯正騎士。」

「等一下我們就要進行追殺同袍這種會讓人心裡留下疙瘩的任務了……在那之前，有件事我想請教小妹妹指揮官。」

「什麼事？」

「……死活不拘嗎？」

這問題等於在變相考驗伊芙身為指揮官的決心，充滿了惡意。

伊芙在經過短暫的沉默和沉思後，斬釘截鐵地回答道：

「死活不拘。」

就在這個瞬間，同袍自相殘殺的罪孽全落到伊芙身上。

那些曾經是同袍的人，全都是被伊芙的殺意殺死的。

「他們知道軍方的機密情報。千萬不能讓他們跟反政府組織接觸和合流。今天要在這裡將他們一舉殲滅。這是命令。」

「啊啊，我知道了。遵命，隊長。彼此加油吧。」

就這樣，簡報結束了。

所有人都起身離席，神色匆匆地為三十分鐘後的出擊做準備。

伊芙心情沉重地嘆了口氣，一名男子來到她面前。

「唷，伊芙。果然有妳的。」

那名男子正是里薩夫正騎士。

「精彩的作戰，了不起的戰術判斷能力。一言以蔽之就是完美。不愧是魔導武門的棟樑依庫奈特。」

「…………」

「不僅如此，妳也很擅長籠絡人心。之前把妳當成小妹妹，看不起妳的隊員們，現在都當妳是狠腳色而不敢小看妳了。妳簡直就是為了成為人上人而誕生的菁英哪。」

「里薩夫正騎士。」

里薩夫一改過去動不動找碴的態度，不知何故開始狂拍伊芙馬屁。

里薩夫的改變讓伊芙覺得心裡很不舒服，於是她轉移了話題。

「話說回來……我很訝異，沒想到你會自願報名參加本次的任務。畢竟任務內容令人鬱悶，而且我還以為你很討厭我。」

「……哼，有何不滿嗎？」

「不，以實力而言你絕對有資格。我甚至應該反過來感謝你的加入才對。請多多指教。」

「啊啊，彼此彼此，隊長。這種任務……還是快點結束吧。」

伊芙和里薩夫一邊交談，一邊張羅，準備出擊。

於是，眾人順利地做好了準備。

伊芙率領的小隊以堡壘為目標同時出擊。按作戰分頭行動。

殲滅前帝國軍同袍的作戰，就此正式展開——

——

——伊芙所擬定的作戰本來應該是天衣無縫的。

詳細的事前情報搜集，嚴謹的戰術制定。

當然，戰鬥中總是會有無法預期的情況發生，可是伊芙也未雨綢繆地先想好了第二道、第三道對策，把作戰安排得滴水不漏。

只要整個流程能按照作戰進行，我方所受到的傷害不只能減輕到最低，甚至有機會生擒敵方所有人。

就算作戰途中發生了完全始料未及的突發狀況，伊芙也有自信能發揮柔軟的思考隨機應變。

——本來應該是這樣的。

也正因為如此。

她不敢相信眼前的狀況。

不敢相信自己會被始料未及的突發狀況殺得措手不及——

「這……這是怎麼一回事……？到底發生了什麼情況……？」

伊芙茫然地獨自站在堡壘中，站在敵陣之中。

她因為碰上了沒有預料到的陷阱和敵方突襲，和其他隊員走散了。

明明事態緊急，必須立刻做出下一道指示，她的腦袋卻一片空白。

腦袋完全停擺，無法思考——

『咕哇啊啊啊啊啊啊啊啊啊啊——!?』

『畜生！艾恩！艾恩被殺掉了!?』

『為什麼這種地方會出現這種魔術陷阱——!?事前根本沒聽說過啊!?』

『跟我們知道的配置完全不一樣……!?』

部下們恐慌的聲音和痛苦的哀號，經由通訊魔術，紛紛傳進伊芙耳裡。

那些吶喊聲與魔術的炸裂聲形成了不協調的噪音，重重打擊著伊芙的靈魂。

『敵方齊射，快趴下————！』

『呀啊啊啊啊啊——!?』

『啊啊啊啊、我的手、我的手————!?』

『該死，被繞背了!?該死！』

『不要，我不想死——啊啊啊啊啊啊啊啊——！』

『我們的行動完全在敵人的掌控之中！怎麼會這樣!?』

『伊芙十騎長！請下達指示！告訴我們怎麼做——!?』

『對……不起……γ小隊……全……滅……！』

『莉茲！振作一點，莉茲！啊啊啊啊啊，畜生東西——！』

『隊長，快點下達指示！再拖下去我們就要全軍覆——』

隔著通訊聽到眾人嚇得魂飛魄散的聲音。

以及每一分每一秒都有小隊成員陸續戰死所發出的哀號。

「啊……啊啊……啊啊啊、啊啊啊啊……!?」

伊芙的身體開始打起哆嗦。

她已經徹底失去了平常的冷靜。雖然伊芙是極優秀的菁英，但她終究只是一個十四歲的小女孩，碰到這種情況，根本不可能冷靜下來如常指揮。

「為什麼……？為什麼會變成這樣……為什麼……!?」

事到如今，至少也要多救一些部下。

伊芙抱著視死如歸的決心，殺向了最前線——

…………

咚！

伊芙被人從背後猛力推了一把，摔倒在地上。

魔術被【咒語封印】封住，手腳也被綑綁，伊芙摔得灰頭土臉。

經過先前的激烈戰鬥，伊芙早已遍體鱗傷。

雖然勉強避開了致命傷，可是她戰到渾身是血，連動一根手指的力氣也沒有。

伊芙最後的奮力一搏未能扭轉局勢，討伐小隊依然全軍覆沒了。

整支部隊的倖存者只剩伊芙一個人。

「哎呀~也太輕鬆了吧！」

魔導士幸災樂禍地說道，他們一路拖行被生擒的伊芙來到這裡，並把她推倒在地。

這裡是叛逃的魔導士們用來做為根據地的堡壘地下室。

回到根據地的七名魔導士，團團圍住狼狽地趴倒在地上的伊芙。

「有這種無能的指揮官，那些死無葬身之地的前同袍也真可憐！」

「就是說啊。打著依庫奈特的名號就目中無人，所以才會輸得這麼慘。」

「哈哈哈哈哈！實在大快人心啊！」

七名叛逃的魔導士你一言我一語地羞辱伊芙。

「……為……什麼……？怎麼會……？」

伊芙拚命想移動不聽使喚的身體，心有不甘地環視四周。

「我的作戰……應該天衣無縫才是……為什麼我會輸……？」

伊芙至今仍無法接受這個充滿屈辱的事實。

然而──那個答案出現在她的眼前了。

「理由很簡單，不管妳想出來的作戰多麼無懈可擊，一旦有人洩漏給敵人知道，自然無法構成任何威脅。這種感覺就像看解答下殘局棋一樣呢。」

蹲下來探頭窺視著伊芙臉孔的那名魔導士是──

里薩夫。

里薩夫跟叛逃的魔導士們站在一起。

「里薩夫……!?難道是你洩漏了情報……!?」

「妳終於發現了嗎？沒想到妳居然會這麼糊塗啊……」

見伊芙露出彷彿巴不得要殺了他的眼神，里薩夫滿臉愉悅，笑得十分燦爛。

「如妳所見，這一切都是為了陷害妳——不，嚴格說來是為了陷害依庫奈特所設下的圈套。」

與叛逃的魔導士們並肩而立的里薩夫揭開了真相。

「陷害……我們……？為什麼要這麼做……？」

伊芙打從心底無法理解地問道。

「問我們原因……？」

那群包圍住伊芙的魔導士們立刻大發雷霆，向伊芙釋放出內心的憎恨與憤怒。

那跟雙方在戰場上拚個你死我活的殺氣相比，又是另一種性質截然不同的東西。

生平第一次被人以如此強烈的負面情感針對，年僅十四歲的伊芙忍不住全身發抖。

叛逃的魔導士們並沒有這樣就放過伊芙，繼續七嘴八舌地辱罵。

「啊啊，妳不懂？妳這是在裝傻嗎？還是真的不明白？」

「我們被你們依庫奈特害慘了……！」

「我老爸被妳那個該死的爸爸逼到走投無路，最後自我了斷喔……!?我老爸明明是無辜的！」

「我弟弟在阿魯基姆斯之戰時被拋棄在戰場上……！都是妳爸下的指示！妳爸為了獨占功勞，害我弟弟白白戰死了！」

「我哥哥被當成棄子犧牲了……！他生前是偉大的軍人！最後卻——」

「你們依庫奈特捏造了莫須有的叛國罪，沒收我家的領地，害我們家破人亡……可惡！我們家怎麼可能背叛女王陛下!?妳知道我們家已經效忠王家幾代了嗎——!?」

「我是不知道是不是為了政治聯姻啦，反正妳們家的人搶走了從小就和我互訂終身的女友……！而且對方還是一個噁心的中年豬哥！我的女友因為生無可戀，最後選擇上吊自殺了……她是被你們依庫奈特害死的……！」

「我們絕對饒不了你們依庫奈特……！永遠不會放過你們……！」

伊芙被七人說到齜牙咧嘴的模樣震懾住了。

即便全身不停顫抖，伊芙還是鼓起勇氣瞪著他們，提出反駁。

「我……我明白你們跟我們一族有什麼冤仇了……可是，你們為什麼要做出這麼殘酷的事!?我的部下他們都是無辜的——！」

「啊啊，沒錯……我們已經墮落到變成跟妳那混帳老爸一樣的惡棍了……」

「不這麼做，難消對你們依庫奈特的心頭之恨……！」

「沒錯，我們顧不了那麼多！只要能向依庫奈特報仇，什麼事都做得出來！」

「──!?」

這些人恐怕早都自暴自棄了。

反過來說──這表示他們對於依庫奈特的私怨與憤怒，已經累積得這麼深了……若不報仇雪恨，這一生就再也無法前進了。

仔細觀察，便不難發現這些把怨恨發洩在伊芙身上的魔導士，眼神都不正常。

他們早已失去了理性。深沉如大海的絕望使他們『崩壞』了。

「總之就是這麼一回事。現在妳明白了嗎？伊芙。」

里薩夫單膝跪在伊芙面前，托起伊芙的下巴，定睛直視她的臉。

「這裡的人並不在乎自己的下場，只想向你們依庫奈特報一箭之仇……即便會自我毀滅也在所不惜。他們就是這種活得像『行屍走肉』的人……我自己也是一樣，故鄉古蘇塔村被……算了，現在說這些也於事無補……都已經是十年前的事情了……」

──依庫奈特家……勢必會在不久的將來滅亡。

──父親大人他……樹立太多敵人了。

伊芙發著抖，回想起以前姊姊所說過的話。

當時，伊芙只是似懂非懂。

直到現在，伊芙才真正理解——

當初姊姊在說出這段話時，是懷著多麼沉重的心情。姊姊真正擔憂的是什麼。

「……嗚……啊……啊啊……!?」

面對人類最純粹的憎恨與憤怒，伊芙嚇得淚水在眼眶打轉，內心充滿恐懼。

「話說回來，里薩夫果然厲害，全部都被你預測中了呢。」

「我就說吧？那個依庫奈特卿工於心計，警戒心強，如果你們同時叛逃……他一定會基於慎重起見，開始著手湮滅對他不利的證據……而且為了避免東窗事發，他勢必會派自己人出面善後。其實，我本來期望領軍的人會是莉迪亞・依庫奈特……不過，能釣到這個外來者，也值得高呼萬歲了。」

「接下來該怎麼辦呢？」

「這個嘛。嗯……」

到底是經歷過怎樣的事情，眼神才會變成那樣呢？

里薩夫露出深不見底的空洞眼神，睥睨著伊芙說道：

「總之，我們先照當初的計畫進行拷問。讓她嚐嚐求生不得，求死不能……後悔自己誕生到這個世上的痛苦吧。」

「——!?」

聽到里薩夫一派輕鬆做出的殘酷宣言，伊芙渾身僵硬。

現在她才注意到，這間地下室充斥著拘束台、拘束椅子、鞭子、鐵製吊籠、將人倒吊用的鎖鏈、車輪、拔指甲的工具、鉗子和剪刀、插在火爐裡燒成火紅色的烙鐵等……令人光聽就毛骨悚然的拷問刑具。

伊芙只是想像了一下那些刑具用在自己身上的畫面，全身便冒出雞皮疙瘩。

「啊啊，沒錯……首先我們要狠狠折磨她直到她意志崩潰，像豬一樣放聲痛哭……徹底毀滅她身為人類的尊嚴。

接著，逼她親口說出依庫奈特這些年來做了多少傷天害理的事情，並卑微地謝罪……然後用影像記錄魔術將拷問的詳細過程錄下來，送給依庫奈特卿，恐嚇他我們會將這部影像公開給全帝國知道。」

「哈哈哈！這招不錯！依庫奈特卿要跌下神壇了！」

「我可以想像到那個高傲自大的男人氣死的模樣了！」

「啊哈哈！我很擅長使用法醫魔術，那個小女生快被折磨至死之前，記得提醒我保住一口氣喔!?」

「噢！麻煩妳了！既然如此，我們下手就不用客氣了！」

「喂喂喂，節制一點，可不要下手太重殺掉了她喔？公開拷問只是計畫的第一階段……在依庫奈特卿垮台慘死在我們的手上之前，我們要努力榨乾這傢伙的利用價值……」

「啊啊，說得也是……里薩夫你的另一個工作是要悄悄救出不堪痛苦拷問而精神崩潰的這傢伙，藉此獲得依庫奈特卿的信任是吧？」

「啊啊，你說的我懂，里薩夫……不過……啊～感覺很有可能一不小心就下重手殺掉她呢。」

長年的宿怨和悶在心頭的憤怒終於有了宣洩的出口。

在那股解放快感和悖德愉悅的驅使下。

七名魔導士慢慢走向倒在地上的伊芙。

一步一步。

一步一步地。

彷彿從地獄回來的死者朝自己逼近，伊芙眼裡看到的就是這幅驚悚的畫面。

「啊、啊……!?不要……不要過來……!?」

伊芙完全陷入混亂。腦袋一片混沌，無法正常運轉。

被拘束的身體動彈不得，只能像毛毛蟲一樣不堪地蠕動著。

「……救、救命……誰來救救我……！誰來救我……！」

身為菁英軍人的光榮與矜持已完全脫落。

少了空泛的威勢和惺惺作態，現在的伊芙只不過是一般的十四歲少女。

伊芙束手無策，只能任憑強烈到令人發狂的絕望與混亂打擊著她，逐漸吞噬自己——就在這個時候……

「——伊芙！」

轟！

地下室的天花板突然被炸出一個大洞——

隨著爆炸引發的猛烈大火，某人從炸開的大洞降落到地下室。

「不許你們——」

以怒濤排壑之勢來襲的灼熱席捲了四周。刺眼的紅光染紅了整間地下室。

咆哮的紅蓮火焰以螺旋狀的軌跡凌空襲向魔導士。

宛如是曲折爬行的巨大火蛇。

「——傷害我的妹妹！」

一條接著一條竄出的火焰大蛇無情地往四面八方飛散，綻放出煉獄般的灼熱與破壞力。

火山爆發般的驚人火力，將石頭地板和牆壁融解成紅色岩漿，同時湧向了伊芙以外的其他魔導士，作勢將他們吞沒。

魔導士們連忙退後拉開距離，詠唱對抗咒文，展開魔力屏障，勉強擋住了那波爆熱，然而——

一名年輕女子為了保護伊芙的安危，趁機跳到她面前。

那名年輕女子是——

「姊、姊姊……!?」

「抱歉我來晚了，伊芙……妳一定很害怕吧，現在已經沒事了。」

莉迪亞・依庫奈特。

「姊、姊姊，妳怎麼會跑來這裡……!?」

「我有種強烈的不祥預感，所以徹底調查了所有這次叛逃的魔導士經歷。雖然這些人的紀錄都被很巧妙地刪除了……可是我發現他們都是很可能會對依庫奈特懷有深仇大恨的人。尤其是——」

莉迪亞用眼角餘光瞄了里薩夫一眼。

「太教我驚訝了。里薩夫正騎士……沒想到你是依庫奈特家最大的汙點……『古蘇塔慘劇』的唯一倖存者……」

「哼，原來妳也知道那件慘劇嗎？那已經是很久以前的事了。」

里薩夫不屑地哼了一聲。

「不過，妳跟那件慘劇沒有直接關係，跟妳談也沒用。況且就算翻舊帳，我的家族跟村民也永遠不會回來了。」

里薩夫聳聳肩，不打算再追究這段往事。

「……這樣啊。總之，這次的事件有太多巧合，實在不像是偶然。所以我才懷疑事有蹊蹺，獨自進行追查……看來我的顧慮並沒有錯。」

「只可惜妳做了錯誤的判斷。妳這叫飛蛾撲火。」

里薩夫用冷若冰霜的眼神瞪視靜靜擺出架式的莉迪亞。

「這個計畫原先鎖定的目標就是妳，莉迪亞。畢竟妳是下一任的當主……除掉妳才能讓那個依庫奈特卿真正感到痛心。」

「不要說傻話了！難道你們以為自己打贏得了我嗎!?勸你們別小看《紅焰公》！」

莉迪亞揮動左手。

明明莉迪亞沒有開口唱咒，可是她周遭卻竄出熱量驚人、聽從指揮的灼熱火焰。

四周噴發出無數的火柱，保護莉迪亞和伊芙。

猛烈的熱浪和熱氣如狂風暴雨般肆虐著地下室，讓室內陷入一片火海——

「嗚……唔……!?」

「這就是依庫奈特的……!?」

面對紅色死神的化身，魔導士們無不心驚膽戰。

眼前那股龐大的熱能，讓魔導士們不敢再往前靠近一步。

眷屬秘咒【第七園】。

熱與火焰的魔術宗師，依庫奈特家秘傳的奧義。

這間地下室已是莉迪亞的領域。

「你們以為我會毫無準備，貿然殺進敵人的根據地嗎!?我早就展開領域了！就算你們一次好幾百個人聯手對付我，也不是我的對手！」

「嗚……!?」

「雖然你們想要傷害我妹妹，但只要你們乖乖投降，我願意饒你們不死！好了，快點認命投降吧！」

莉迪亞因為伊芙受傷怒不可遏，她所散發出的存在感，徹底鎮壓住現場的魔導士。

完全不把一般魔導士放在眼中的究極魔導士。

這就是《紅焰公》——

——然而……

「不懂自己陷入何等處境的人是妳，《紅焰公》。妳還記得我剛才說過的嗎？……這計畫原先鎖定的目標，就是妳。」

里薩夫從容不迫地聳聳肩膀，彈了一下手指。

霎那——

「——咦!?」

莉迪亞所召喚的火焰就像被吹熄的蠟燭，冷不防地全部熄滅了。

「為、為什麼我的魔術會失效……!?」

這是不可能發生的事。一旦領域成功打開，便不受任何魔術干涉，眷屬秘咒【第七園】就是這種無敵的魔術。

面對這種破天荒的情況，莉迪亞難掩動搖。

身經百戰的魔導士們自然不可能錯過這個可趁之機——

「就是現在！《雷帝的閃槍啊》——！」

「《雷帝的閃槍啊》！」

魔導士們不約而同唱出攻擊咒文。

從莉迪亞的前後左右將她包圍住的魔導士們，射出了七發【穿孔閃電】。

莉迪亞當機立斷，詠唱炎壁的咒文，試圖化解危機，然而——

「《紅蓮的炎陣》──啊咕嗚嗚嗚嗚嗚嗚嗚嗚──!?」

不知何故，莉迪亞的炎壁並未起動，雷閃刺穿了她的身體。

幸虧莉迪亞事先為自己施放了好幾層抗性咒文，再加上魔導士禮服原本就有一定的防禦效果，才免於當場死亡，可是她的左手臂挨了兩發，右手臂一發，右腳兩發，左腳一發，左肩一發──不只全身千瘡百孔，還被強烈的電流流過身體，莉迪亞欲振乏力地跪了下來。

「姊、姊姊──!?」

看到姊姊那慘痛的身影，伊芙放聲尖叫。

「既然我們原先鎖定的目標是妳，怎麼可能會對妳的火焰毫無準備呢？」

里薩夫冷冷地睥睨著莉迪亞，輕描淡寫地說道。

「我早就在這裡設下妨礙炎熱系術式的截斷結界。妳的眷屬秘咒固然是一大威脅，可是只要別被妳先發制人，就沒問題。這個事先設下的結界，可以破解妳的術式。說穿了，想要在這裡發動炎熱系魔術，必須經過我的許可。」

「…………！」

面色有些鐵青的莉迪亞低頭不語。

看到姊姊那失去霸氣的模樣，伊芙想通了一件事。

（怎麼會……姊姊會做出這個錯誤判斷……都是因為我的關係……！）

平常冰雪聰明的姊姊，不可能會掉進這種顯而易見的陷阱。

照理說，她肯定能夠看穿這種圈套，並想出對策。

然而現在的莉迪亞卻失去了平常的冷靜。這是因為——

（……都怪我落入敵人手中。她一心只想盡快救我出來，才會疏於防範……是我……是我害姊姊落得這種下場……！）

深感自責的伊芙用力閉上眼睛……隨後，她像是做好了覺悟，對莉迪亞說道：

「姊姊……妳快點逃走吧。」

「！」

「現在還來得及……雖然姊姊身受重傷，但只要妳不要管我，全力自保的話，應該還是可以平安脫身的……！」

「…………」

「所以……別管我了……快點逃吧！姊姊！」

然而——

莉迪亞向伊芙盈盈一笑說道：

「別擔心，伊芙。」

只見莉迪亞身體搖搖晃晃地起身，朝魔導士們擺出戰鬥架式。

她為了保護伊芙，挺身而出。

「為什麼……!?姊姊！憑妳現在的狀態——」

眼前只剩絕望的伊芙，苦苦力勸姊姊，可是姊姊的背影依然不動如山。

「受了那麼嚴重的傷，居然還站得起來。該說不愧是依庫奈特嗎？」

里薩夫厭惡地瞪視著莉迪亞。

「不過，我們可沒弱小到會輸給身負重傷的妳。擅長的炎熱系魔術被封印，還得一個單挑八個……不管怎麼看，妳都沒有勝算。」

「……我知道。即便如此……我也不會放棄。」

莉迪亞不甘示弱地反瞪里薩夫。

「我……我要為了我相信是正確的事物而戰……因為我是依庫奈特……」

「……嘖！還在逞口舌之快……！」

見莉迪亞展現出堅定的意志，里薩夫怒火中燒地咂了聲嘴。

「好，你們隨我一起上吧。長年的積怨終於可以報仇雪恨了……！一起來好好凌遲這兩個該死的依庫奈特！」

「噢！」

於是，里薩夫和其他七名魔導士開始唱咒。

莉迪亞也強忍痛苦，拖著孱弱的身子詠唱咒文。

「姊姊……」

無能為力的伊芙，只能眼睜睜地看著眼前爆發的戰鬥。

——以結果而論。

這場戰鬥呈現一面倒的態勢。

莉迪亞從頭到尾慘遭對方的凌遲與蹂躪，過程只能以慘烈形容。

「《冰狼的爪牙——」

「太慢了——！」

「呀啊啊啊啊啊啊啊啊！」

擅長的炎熱咒文被封鎖，莉迪亞只能設法改用其他魔術對抗。

可是她還沒來得及唱完咒文，爆炎、爆雪、雷閃便如槍林彈雨般來襲，擊垮了莉迪亞。

炎熱咒文被封殺，又必須一個人單挑八個人，發動魔術的左手還受到致命性的重傷。

莉迪亞在各方面都居於劣勢，狀況對她極其不利。

「咳咳——《蒼銀的冰精啊・演奏冬之圓舞曲——」

「還想掙扎！《嘶吼吧火焰獅子》！」

「《風王之劍啊》！」

不肯放棄對抗的莉迪亞，遭到爆炎的砲擊和真空之刃的砍殺。

即便莉迪亞身體向後仰起被擊飛，魔導士們仍毫不留情地持續施展咒文追擊。

「嗚、啊啊啊啊啊啊啊啊啊啊啊——!?」

一點一滴。一點一滴地。

莉迪亞不斷受到傷害摧殘。

儘管速度緩慢。可是殘酷，確實，而且不帶一絲慈悲——

「……啊啊……！姊……姊姊……！」

姊姊受到單方面凌虐，伊芙卻只能袖手旁觀。

雖然莉迪亞藉著讓體內魔力循環的方式，提升防禦能力，可是她的傷勢早已經嚴重到傷重身亡也不意外的程度了。

然而她仍沒有倒下。

莉迪亞始終屹立不搖。

為了成為伊芙的靠山，她堅持站穩腳跟——

「《——冬之圓舞曲・獻出靜寂吧》……！」

為了保護伊芙，她拚命不斷詠唱咒文。

然而，儘管莉迪亞抱著孤注一擲的決心，從指尖射出冷凍射線，可是隨便一個人設下的魔力障壁，都能輕鬆阻擋住她的攻擊——

「死纏爛打的傢伙，快點去死吧！《冰狼的爪牙啊》——!?」

「——!?」

【冰風暴】——飛來的凍氣和冰礫，正中莉迪亞的身體。

可是莉迪亞把自己的身體當成肉盾，不讓冰風暴傷到伊芙——

「姊姊……拜託不要再撐下去了……！姊姊……！」

伊芙只能哭著在姊姊身後一聲聲勸說。

但莉迪亞絲毫不肯棄守。

她堅持不懈，一心一意保護伊芙。

結果——

——

「終於結束了嗎？竟然纏鬥了這麼久。」

「…………」

或許是終於榨乾最後一絲力氣了。

莉迪亞精疲力盡，垂低脖子，跪倒在伊芙面前。

遭到攻擊咒文猛烈砲轟的身體面目全非，不忍卒睹。

從她身體流出來的血水在她的腳邊形成一灘血泊。

或許是意識已經模糊不清，莉迪亞一動也不動。

「嗚……嗚嗚……姊、姊姊……姊……」

看到姊姊奄奄一息的模樣，伊芙只能抽抽噎噎地哭泣。

「好了，熱身運動好像拖得太久了……差不多來進行真正的復仇囉。」

里薩夫環視四周的魔導士，如此宣言。

「莉迪亞已經很虛弱了，再折磨下去真的會死……我看還是先拿伊芙開刀吧……」

「哼！終於嗎……！我等這一刻等了好久！」

「啊啊，這下子我總算……總算可以幫那個人復仇了……！」

「該死的依庫奈特……！讓妳們見識見識我們的恨有多麼可怕……！」

伊芙心不在焉，沒有把魔導士們的叫囂聽進耳裡。

她只覺得這一切好像是發生在另一個世界的事情。

（……已經無所謂了……算了……）

伊芙的心如今已被深沉的絕望牢牢掐住。

她和姊姊有人類尊嚴的人生已經『結束』了。

未來等著自己的，將是一條顛沛、悽慘又落魄的末路吧。

（……仔細想想，我的人生真的很沒有意義……不只害死了母親，還毀了姊姊的人生……

我簡直就是瘟神……）

我誕生到這個世上究竟是為了什麼？

啊啊，也罷。

我已經懶得再思考了。

（至少放過姊姊吧……我願意代替她承受所有痛苦……拜託了……）

伊芙抱著這種空虛無力的心願，試圖讓心靈化成一片虛無……

就在這個時候——

頭頂傳來的溫柔觸感，讓伊芙在最後一刻保住了意識。

伊芙抬頭一看。

「姊、姊姊……？」

只見莉迪亞伸出不停顫抖的手，放在伊芙頭上。

「……放心吧……伊芙……」

滿臉是血的莉迪亞面露微笑，向伊芙喃喃說道：

「……我會……保護妳的……因為我是……依庫奈特……」

這是何等的奇蹟啊。

垂死的莉迪亞又搖搖晃晃地站了起來。

現場的其他人頓時提高警戒，空氣中充滿了緊張的氣息。

這傢伙難道是不死之身？魔導士們無不感到動搖和困惑。

看到莉迪亞就像幽鬼一樣站了起來，魔導士們立刻拉開距離，擺出戰鬥架式。

「……都已經傷成那樣了，竟然還站得起來？」

里薩夫不敢大意地定睛注視著莉迪亞說道。

「不過，這只是在白費力氣。現在的妳就跟沙包無異。說穿了只不過是站起來討打而已。」

沒錯，根本沒什麼好怕的。

魔導士們重拾游刃有餘的態度，向莉迪亞露出輕蔑的笑容。

莉迪亞無視那些魔導士的奚落，呼喚伊芙的名字。

「吶，伊芙……」

「……什、什麼事？姊姊……」

「我……真的很高興妳來到我們家……」

「……咦……？」

「雖然對妳而言，我們家就像地獄一樣……可是我真的覺得……很榮幸可以當妳的姊姊……」

都已經這種時候了，說這些又有什麼用呢。

伊芙猜不透莉迪亞的意圖，一臉呆滯。

「妳一點都不坦率，喜歡逞強又很頑固，可是我知道妳心地很善良……妳是正直又堅強的孩子……我寶貝的妹妹……所以我一定會保護妳……不管要付出任何代價。因為……我是妳的姊姊啊……」

然後，搖搖欲墜的莉迪亞，定定地注視著眼前的魔導士們，毅然做出宣言。

「沒錯……我要守護……妹妹……我要守護伊芙！我再也不會讓妹妹不見！絕對不會！」

就在她鏗鏘有力地做出這番宣言的瞬間。

轟！

莉迪亞的身體燃起了火焰。

「什麼!?」

莉迪亞身上的火焰，跟她平常驅使的紅色烈焰，屬於不同的性質。

那是閃耀著白色光輝，光芒刺眼的火焰。

「怎麼可能……火焰魔術發動了……!?怎麼會這樣!?」

看到莉迪亞全身冒火的模樣，里薩夫不禁感到驚恐。

「見鬼了!?到底怎麼回事!?她應該無法在這裡發動炎熱系魔術才對啊——!?」

「因為……嚴格來說，這並非操作炎熱系能量的術式……」

面對顫慄的里薩夫，莉迪亞淡然回應。

眷屬秘咒【大終炎】。燃燒自身靈魂的術式，這是依庫奈特最大的禁咒。

是一種把自己轉化成火焰的最後術式。

「那、那個魔術是——!?」

見狀，伊芙發出慘叫。

「姊、姊姊！立刻取消發動！一旦使用了那種魔術，姊姊……姊姊妳會——！」

全身籠罩在白色火焰光輝之下的莉迪亞，轉過身體望向伊芙，臉上露出微笑。

那是一抹無憂無慮的笑容。

「……伊芙。善良的孩子……妳是我的驕傲。」

無論是說著這句的莉迪亞。

還是身上纏覆著火焰的那個身影——都是如此美麗而神聖，超乎了人類的想像。

莉迪亞轉身朝向驚惶失措的魔導士們，再一次挺身對抗。

她輕輕張開雙臂，從手臂衍生出如翅膀般的火焰。

那副模樣就恍若天使。

「去、去死吧——————！」

魔導士們同時朝莉迪亞伸出手詠唱咒文。

爆炎、電擊、凍氣……各種攻擊咒文如槍林彈雨般轟向莉迪亞。

然而，那些鎖定莉迪亞的咒文一碰到她身上的火焰，全部都憑空蒸發消滅，完全無法傷到莉迪亞。

「這、這是哪門子的魔術!?太離譜——」

「呼——！」

莉迪亞優雅地揮舞了一下手臂。

白之一閃。美麗的火焰迅速而銳利地在空間飛竄。

「——啊——」

其中一名魔導士被火焰吞沒後，眨眼間就被燃燒殆盡，連灰燼也不留地，徹底從世界上消失。

那一幕簡直就像兒戲一樣。

「啊、啊啊啊啊！嗚哇啊啊啊啊啊啊啊啊啊啊啊啊啊啊啊——!?」

「嘶、《嘶吼吧火焰獅子》——！」

「雷、雷、《雷帝的閃槍啊》啊啊啊——！」

魔導士們陷入了半混亂的狀態，繼續詠唱毫無用處的咒文。

第二波的攻擊同樣無法傷害莉迪亞，一碰到火焰就被抵銷了。

莉迪亞揮動手臂，優雅地揮動，彷彿翩翩起舞地揮著。

輕輕地一揮後，接著又一揮。

莉迪亞每揮一次手臂，美麗而神聖的火焰便張開羽翼——

將魔導士一個接著一個消滅。

形勢完全逆轉了。

在伊芙眼前上演的，是一齣單方面壓制的淨化戲碼。

「我不相信!?怎麼可能有這種事!?這、這就是依庫奈特的真本領嗎!?可惡！可惡、可惡可惡可惡——！」

明白大勢已去的里薩夫帶著尖叫，歇斯底里地吼出心中的抱怨、謾罵、憎恨與憤怒。

「我們註定只能被剝奪嗎!?你們……你們依庫奈特剝奪了我們所擁有的一切……可是我們卻拿不回任何屬於我們的東西!?

「畜生！畜生、畜生————————！」

所以里薩夫他——

「把所有的村民還來！把我老爸和老媽——還來————————！」

或許除了這麼做也別無他法了。

也或許他已經放棄思考和戰術。

眼看敵我實力呈現出絕望的懸殊差距，為了宣洩心中無可奈何的憤慨，里薩夫握起拳頭，自暴自棄地衝向莉迪亞發動捨身攻擊。

像要迎接這樣的里薩夫般——

「對不起。就算依庫奈特是下地獄也不足惜的存在……我還是要保護妹妹……保護伊芙……永別了。」

莉迪亞交叉雙臂，像是在把什麼東西摟進懷裡。

「！」

轟！

莉迪亞的火焰，溫柔地包覆住衝到她面前的里薩夫。

霎那，里薩夫那雙空洞無神的眼睛，似乎窺見了什麼。

「……啊……爸爸……媽媽……」

從里薩夫眼眶滾落的淚珠，瞬間被火焰蒸發。

就這樣，沒有一絲痛苦。

里薩夫徹底被消滅，回歸天上了——

——寂靜。

令人耳朵隱隱作痛的寂靜。

現場只剩下佇立在原地的莉迪亞。以及伊芙。

整間地下室變得空蕩蕩的。

由於施術者已不在人世，伊芙的【咒語封印】也得以解除，她立刻用火焰魔術解開拘束，起身衝到莉迪亞身邊。

「姊、姊姊……」

伊芙用顫抖的聲音呼喚莉迪亞。

「為什麼……？為什麼妳要使用『最後的火焰』……!?」

一聽到伊芙的聲音。

「……咳咳……」

莉迪亞口吐鮮血，身體失去了平衡。

伊芙連忙攙住倒下的莉迪亞，將她摟在懷裡嚎啕大哭。

「啊啊啊啊！已經無法挽回了……！姊……姊姊妳會……為什麼事情會變成這樣……!?為什麼妳要為了我做這麼大的犧牲……!?」

眼淚潰堤的伊芙提出了心中的疑問。

「因為……我相信這是正確的道路……」

氣若游絲的莉迪亞，溫柔地觸碰著伊芙淚溼的臉頰囁嚅道。

「……伊芙……我看得出來……妳是心地非常善良的孩子……妳對人有同理心……有勇氣為他人挺身而戰……我相信妳才是……真正的依庫奈特的後繼之人……」

「怎麼可能……！不要開玩笑了……我怎麼可能比姊姊有資格……！」

莉迪亞突然哀傷地低垂眼簾。

「不……坦白說……我沒有……當依庫奈特的資格……」

「……姊姊……？」

「因為……我對自己的妹妹……艾瑞絲見死不救……那個時候我因為太害怕父親大人的懲罰了……所以沒有說實話……明明我是姊姊……卻沒能好好保護艾瑞絲！」

莉迪亞的雙眼淚如泉湧，淚珠撲簌簌地沿著臉頰落下。

伊芙不知道自己在被收養前，依庫奈特家發生過什麼事情。

唯一清楚的是，姊姊對艾瑞絲這個妹妹抱著很深的後悔之情。

「所以，這是我至少能做到的贖罪……我努力了很久……一心想要讓自己成為合乎真正意涵的依庫奈特……並且堅持走在自認是正確的道路上……只為了守護依庫奈特……結果……哈哈哈……看來就到此為止了呢……因為我已經發動了『最後的火焰』……

我做為魔導士的生涯……已經結束了……到頭來，我只會空口說白話，卻什麼也做不到……我真的是一點用處也沒有的廢物姊姊……對不起……」

「才沒有那種事！才不是那樣子呢！」

伊芙抓起無力地閉上眼睛的莉迪亞的手，真情流露地訴說。

「因為姊姊妳成功保護了我呀！妳救了我一命呀！」

「……伊芙……？」

「姊姊妳是頂天立地的依庫奈特！妳是最了不起、真正的依庫奈特！」

「……可是……我已經……」

「不會的……！因為我會接替姊姊實現妳的未竟之志！」

「！」

「我會延續姊姊妳託付給我的信念……！我一定會成為跟姊姊一樣出色的魔導士……成為真正的依庫奈特……！所以……！」

伊芙斬釘截鐵地做出保證。

「……謝謝妳，伊芙。那麼……我就把我引以為傲的依庫奈特之名託付給妳了……」

莉迪亞笑淚交織地說道。

「不過，妳千萬不可以忘記……依庫奈特所代表的真正魔導之道……就是堅持走自己相信是正確的道路……事實上，這跟家族一點關係也沒有……重點在於妳想怎麼左右自己的人生……妳一定要謹記住這件事情……」

「嗯……嗯……我知道……我知道了……」

「今後妳即將踏上的那條道路……恐怕有非常艱辛的挑戰，在路上等著妳……」

「我知道！姊姊妳不用擔心！我不會輸的……我絕對不會輸的……！我也不會忘記姊姊的教誨……！所以——」

就這樣。

伊芙和莉迪亞兩人抱在一起哭泣。

她們不停地哭，不停地哭，彷彿要哭到永遠——

發動最後火焰的副作用，導致莉迪亞完全喪失了魔術能力。

莉迪亞喪失魔術能力後，被依庫奈特家當成廢物，趕出家門，從此下落不明。

雖然伊芙動用了所有管道調查，仍查不出姊姊的消息。

她向父親打聽後，父親只告訴她莉迪亞為了重獲魔術能力，而住進了某地的法醫院。

伊芙所能得知的也就這麼多了。

至於那起事件，後來則被當成意外事故處置，真相從此被深埋在不見天日的黑暗之中。

過沒多久，身為備胎的伊芙，名正言順地成了次任當主。

……成了次任當主後，伊芙開始努力往上爬。

為了成為姊姊理想中的依庫奈特。

為了實現姊姊的宿願。

為了守護姊姊所引以為傲，符合真正意涵的依庫奈特。

可是，在那之前——她必須成為依庫奈特的當主才行。

除非當上當主，否則無法改善家族的體質，也無法大刀闊斧改革。

換句話說，她必須獲得父親的認同。必須獲得所有族人的認同。

所以伊芙為了姊姊扼殺自己的心，讓自己成為鐵石心腸的人，盡其所能地出任務。

她一心追求的，除了戰功還是只有戰功——

想要守護從姊姊手中繼承的信念，卻不斷違背姊姊的信念，伊芙一直在忍受著這樣的自我矛盾。

然而——人類是一種非常脆弱的生物。

順理成章成為次任當主的伊芙所面對的，是超乎想像的地獄級重責大任與壓力，相形之下，過去所經歷的一切簡直就像天堂一樣輕鬆。

原來姊姊一直承擔著如此可怕的負擔嗎？伊芙甚至沒時間感到驚愕。

在這種高壓的環境下出任務，伊芙的意志也漸漸地被消磨掉。

原本光輝燦爛的初衷，隨著時間過去慢慢失去色澤，被拋到腦後。

忙到昏天暗地的生活，使得伊芙愈來愈少想起姊姊的事情……

就在本人也渾然未覺的情況下，伊芙一點一滴地遺失了她所重視的寶物……

可是她卻連回頭審視的空檔也沒有……

最後只剩下——

總是把別人當棋子利用，除了戰功和效率其他都不屑一顧，鐵石心腸的冷血女人。

伊芙・依庫奈特而已——

———

「……嗯……？」

伊芙冷不防醒來。

這裡是為了進攻奇洛姆所設置的本營。作戰會議用的帳篷內。

趴在桌上睡著的伊芙，慢條斯理地抬起了臉。

頂著剛睡醒而如濃霧般朦朧的意識，伊芙恍惚地回憶著剛才所夢到的事情。

「……夢？……我做夢了嗎？我剛才流淚了？到底是為什麼……？」

伊芙伸手一摸，便摸到有冰冰的東西從上流過。

她感到訝異不已，暗暗思忖。

（……總覺得……那好像是很重要的夢……一場絕對不能忘記、和我的根源相關的夢……好像是我和莉迪亞姊姊之間的約定……可是……）

伊芙醒來的同時，她所夢到的內容就如逐漸散開的霧霾般，慢慢消失不見。

伊芙試著想要抓住線索，強迫自己回想夢境的內容。

隨著一陣刺痛，她的腦海裡突然閃現出某些零碎的片段。

——哼。我寄予厚望的莉迪亞最後也讓我期待落空了——

——伊芙。為了避免妳重蹈覆轍，我決定先幫妳打一根『楔』——

——如此一來，妳就……

「……好痛!?」

伊芙被莫名的頭痛轉移了注意力。

夢境的內容就在她分心的那一瞬間徹底消失了。

就連突然閃現的零碎片段也完全想不起來。

「……怎麼回事呀？我是不是太累了……？唉……」

伊芙嘆了口氣站了起來，掏出懷錶確認時間。

和葛倫大吵一架後，已經過了三個鐘頭。

自己居然毫無防備地睡這麼長的一段時間，證明真的精神鬆懈了……就在伊芙懊惱地深刻反省時——

「……喂，伊芙。」

「！」

葛倫掀開入口走進了帳篷裡。

阿爾貝特和賽拉也跟在他身後。

「……有什麼事嗎？」

伊芙別過頭去，態度冷漠地問道。

葛倫沒把她的態度放在心上，正視著她說明了來意。

「雖然剛才一時火大，忍不住朝妳怒吼……不過，可以請妳再重新考慮一次作戰嗎？」

「…………」

「我也知道，妳的作戰確實是最保險且安全的方式。如果把我方的損害也納入考量……妳的作戰才是最妥當的。」

「…………」

「可是，我實在無法這麼簡單就放棄……應該還有轉圜的餘地才是。妳這傢伙雖然看了就討厭，但確實是天才。我相信妳一定可以想出另一套作戰……是吧？」

「…………」

「我知道我這樣是在強迫妳接受我的任性……可是正因為這個世界充滿了蠻不講理的事，我才希望能盡量為自己相信是正確的事物戰鬥……欸，拜託妳了。」

葛倫如此說道，誠懇地低頭拜託伊芙。

「…………」

——我……我要為我相信是正確的信念而戰……

——因為我是依庫奈特……

這樣的葛倫似乎觸動了伊芙心中的某個部分。

「……哼，好吧。這次我就破例再重新思考一次。」

伊芙哼了一聲，不甘願地答應了葛倫。

「嗄？」

這個意外的結果讓葛倫嚇了一跳。

跟在他身後的兩人似乎也同樣吃驚，賽拉猛眨眼睛，阿爾貝特臉上雖然沒有太大的表情變化，卻也訝異地微微瞇起眼睛。

「……你們那是什麼反應？」

「呃，雖然我這麼說很奇怪，可是我沒想到妳會願意讓步……該不會天要下紅雨了吧……？」

「哼，吵死了。我也不曉得自己怎麼了。」

伊芙以不悅的口吻，不屑地說道。

「……反正我就只是突然心血來潮而已……不行嗎？」

伊芙無視一臉困惑的葛倫，瀟灑地撥著頭髮站了起來，她雙手撐在桌面上，定定地注視著攤開在桌上的戰略地圖。

「你們先叫克里斯多福歸隊。我們要重頭檢視奇洛姆的周邊地形並分析敵方的戰力。說不定有什麼被我們忽略的破口存在。你們三個也得動身去偵查和搜集情報。既然要重新來過，就要做得徹底一點。」

「噢、噢……瞭解了……那個，伊芙……」

「……幹什麼？」

「……呃……對不起啦，還有謝謝……」

葛倫拉下臉賠罪和道謝後——

伊芙「碰！」的一聲，不爽地用力敲打桌面，一點都不領情。

「哼！我可是你的長官喔!?以前就警告過你了，不許你再用那種沒大沒小的口氣跟我說話！還有，與其口頭道歉，不如用行動表示！也不想想你平白給我增加了這麼多無謂的工作！」

「……遵、遵命……」

語畢，葛倫驚慌失措地離開了帳篷。

一旁靜觀其變的賽拉和阿爾貝特面面相覷。

接著賽拉面露苦笑，阿爾貝特聳肩嘆氣，跟在葛倫後面離開了帳篷。

「……真是莫名其妙……！」

獨自一人留在帳篷內的伊芙，咬牙切齒地瞪著地圖，滿腹牢騷地抱怨。

「為什麼每次看到那傢伙，我的心情就會變得這麼浮躁呀……！」

不過……

設法幫助更多人，乍看下好像只是一種有勇無謀、沒有效率且白費力氣的行為……可是不可思議的是，伊芙並不討厭。

伊芙並未意識到，有一股使命感和熱情，像是沉睡在內心深處般蠢蠢欲動。

她只是專心地構思著新的作戰方針。

《紅焰公》——這個稱號所代表和背負的真正含意。

伊芙還要過一段時間，才能真正回想起來——

後記

大家好，我是羊太郎。
短篇集『不正經的魔術講師與追想日誌』第六集出版上市了。
能出版到第六集……這是何等奇蹟啊。
這一切都要感謝編輯和各位出版關係者，以及支持本傳『不正經』的讀者們！謝謝各位！

哎呀～本書這次也收錄了多篇風格不同的短篇故事。
不正經本傳的劇情最近總是往嚴肅的方向發展，所以像這種可以毫無保留地描述日常生活的短篇，便顯得彌足珍貴。
故事如果少了輕鬆詼諧的內容做為調劑，果然很容易疲倦呢～無論是對讀者或作者來說都一樣。所以這類描述日常生活的短篇堪稱是心靈的綠洲。（只不過短篇集最後一定都會埋有炸彈就是了（笑）。）
那麼，接下來開始進行各篇故事的解說。

〇父親大人的凝望

以本作的女主角之一．白貓西絲蒂娜的父母為主角的故事。
話說回來，凡是輕小說的男女主角的父母都適用某種法則。
當然也是有例外的情況……不過，是不是大致上都符合←所列出的條件呢？

A　父母其中一人，甚至兩人都早早便撒手人寰。死亡率異常地高。
可以說男女主角的父母這個設定，本身就是死亡保證。

B　即便幸運存活，母親通常都是異常年輕的美女，父親則負責耍蠢。
而且不知何故，兩人通常都因為去國外出差之類的原因，時常不在家。

是的，本作品也不例外地直接套用了法則B。
貌美又能幹的母親菲莉亞娜和呆頭呆腦容易失控的父親雷納多，這對組合寫起來真的非常有趣。我才不想要這樣的老爸（笑）。

○無名的逆轉魯米亞

本作最神秘的女主角納姆露絲的故事。
納姆露絲在本傳裡面至今仍充滿了謎團，我寫這部短篇原本是想要幫助讀者更深入瞭解她的個性，為什麼會變成現在這樣呢!?

不對，在初期的時候，我確實是把納姆露絲設計成這種充滿酷勁又帥氣、帶有神秘氣質的角色。

可是隨著故事的進行，她漸漸變成愈來愈奇怪的角色……咦？充滿酷勁又神秘的女主角跑到哪去了？

到底是為什麼呢？大概也只能怪罪時代了吧。

○裝病看護☆大戰爭

不正經的葛倫很久沒這麼不正經了。

哎，畢竟本傳中的葛倫，無論是在精神層面上，還是做為一個教師，都有了相當大幅的成長。不過，偶爾還是得讓他像這樣不正經一下才行。

就是要讓他們上演一團亂七八糟的荒唐鬧劇，葛倫他們才能展現本性嘛。

不過，到底是為什麼呢？明明生病讓女孩子照顧是男生追求的浪漫，可是我卻一點都不想讓這三名少女守在病床邊照顧……是因為我老了嗎？

○魔導偵探羅莎莉的事件簿　無謀篇

那個成事不足敗事有餘的廢柴偵探羅莎莉再次登場。

那個不管怎麼看都只會登場一次的龍套角色羅莎莉，又再次出現在各位讀者面前，大家一定都意想不到吧。

我自己也被這意外的展開給嚇到了呢！（）

言歸正傳，我個人還滿喜歡寫像她這種笨手笨腳的女孩子。

本人無能至極，每次都是靠運氣解決事情，讓四周的人看得冷汗直流，唉聲嘆氣。

如果可愛的話那也就罷了，偏偏出自羊筆下的角色就是一點都不可愛。

不過，我是不會自重的！

○火焰的繼承者

首次公開的短篇故事。

在不正經本傳中莫名擁有高人氣、姍姍來遲的女主角伊芙・依庫奈特的故事。（我真的搞不懂這傢伙為什麼會這麼受歡迎耶（笑）。）

歇斯底里又冷酷無情的菁英，只把身旁的人當作可以利用的棋子，感覺就是過了適婚年齡還嫁不出去的『顧人怨女人』。

本傳中，她已經被依庫奈特家斷絕關係，現在改名叫伊芙・迪斯托瑞，不曉得讀者們會不會很好奇一個問題。

她明明已經被逐出家門，卻仍異常執著於依庫奈特這個名字。

沒錯，在本傳的故事中，小伊芙在被逐出家門後，還是動不動就自詡是依庫奈特和《紅焰公》。到底是為什麼呢？

從這部短篇故事中，可以窺見答案的部分面貌。

請各位讀者務必體驗她所走過的道路和人生軌跡。如果讀者們在閱讀完本短篇故事後，覺得有值得省思的地方，那便是身為作者的最大幸福。

本集的內容就到此為止。

今後懇請各位繼續給予『不正經』支持和鼓勵。

羊太郎

輕小說
LIGHT NOVELS

不正經的魔術講師與追想日誌6

(原著名：ロクでなし魔術講師と追想日誌6)

原作：羊太郎
插畫：三嶋くろね
譯者：林意凱
日本株式会社KADOKAWA正式授權中文版

【發行人】范萬楠
【出　版】東立出版社有限公司
台北市承德路二段81號10樓　TEL：(02)2558-7277
【香港公司】東立出版集團有限公司
香港北角渣華道321號　柯達大廈第二期1207室　TEL：23862312
【劃撥帳號】1085042-7
【戶　名】東立出版社有限公司
【劃撥專線】(02)2558-7277　總機 0
【美術總監】林雲連
【文字編輯】盧家怡
【美術編輯】陳繪存
【印　刷】勁達印刷廠
【裝　訂】台興印刷裝訂股份有限公司
【版　次】2020年07月24日第一刷發行

 ISBN　978-957-265-393-7
中文版銷售地區／台灣、香港